半菊窗韵

李玉萍 ◎ 著

静下心来时，清风就会拂面

人生并非姹紫嫣红才算春天

有时清新淡雅

也是一种恒久的芬芳

人生也并非高官厚禄

就是风光，某一天在繁星

明月间推开一扇斑驳的老窗

篱笆菜园，瓜果垂悬

却是自己最向往的桃花源

山西出版传媒集团

山西人民出版社

图书在版编目（CIP）数据

半窗菊韵 / 李玉萍著. -- 太原 : 山西人民出版社,

2025. 1. -- ISBN 978-7-203-13557-9

Ⅰ. I227

中国国家版本馆CIP数据核字第20246K56V6号

半窗菊韵

著　　者：李玉萍
责任编辑：魏　红
复　　审：刘小玲
终　　审：李　颖
装帧设计：李　颖

出 版 者：山西出版传媒集团·山西人民出版社
地　　址：太原市建设南路 21 号
邮　　编：030012
发行营销：0351－4922220　4955996　4956039　4922127（传真）
天猫官网：https://sxrmcbs.tmall.com　电话：0351－4922159
E－mail：sxskcb@163.com　发行部
　　　　　sxskcb@126.com　总编室
网　　址：www.sxskcb.com

经 销 者：山西出版传媒集团·山西人民出版社
承 印 厂：山西省教育学院印刷厂

开　　本：890mm×1240mm　　　1/32
印　　张：6.5
字　　数：140 千字
版　　次：2025 年 1 月　第 1 版
印　　次：2025 年 1 月　第 1 次印刷
书　　号：ISBN 978-7-203-13557-9
定　　价：68.00 元

如有印装质量问题请与本社联系调换

自　序

　　有句老话："三十不学艺，四十不改行。"我的理解有两层，一是时不我待。时光如水，一去不返，诗人陈著"花有重开日，人无再少年"的名句就说得入木三分。二是老不学艺。老了脑子不灵光了，也没有了精力，大文豪苏东坡"诗酒趁年华"的词句更戳人心扉。

　　我出生于20世纪50年代中期，上小学五年级时，轰轰烈烈的"文化大革命"开始了。那时的宣传语是："学制要缩短，教育要革命。"我五年级小学毕业，七年级就初中毕业了，我是我国七年制首届初中毕业生。七年制初中，在职中专，成人大专是我的学历；当工人，做文员，做企业基层管理人员，做企业高层管理人员是我的职业轨迹；人力资源管理员，助理政工师，政工师，企业文化师，职业经理人是我的职业；全国行业优秀基层书记，是我的最高荣誉；行业总报、总刊上发表文章和论文是我的思考和探讨。如今，活动在微博里，徜徉在诗歌里，成了我的晚年乐趣。一路走来，可以说是一直是打着兴奋剂一样工作着，拼搏着，学习着，收获着，也开心着。我觉得，大人物有大人物的智慧和担当，小人物有小人物的满足和快乐，我就像河边的一株涧草，也像万花丛中的一朵无名小花，随着大自然的阳光普照，随着四季春来秋去的变换，生长着自由的自己，绽放着迷迷糊糊的自我。

我知道在自己的人生道路上，文化局限了自己的思维和空间，也束缚了自己的认知和高度，虽然自己很努力。就说诗词歌赋吧，从小就有喜欢，源自父亲的引领。记得20世纪的60年代初，上小学的时候，父母和我们姐弟四个，六口人都挤住在一间不到40平方米的小房子里，做饭，做针线活，睡觉，写作业，玩耍都在一起。但是父亲还是在炕头的墙上贴满了诗词书法，让我们姐弟们一一朗读，背诵。那时只是死记硬背，不懂也不管诗中的表达的意思。当时的喜欢也许是一种被迫的行为，更多的是一种在家人面前的表现欲，也许这就算是后来一直有个诗词梦的启蒙吧。上班后，在工作和生活中遇到挫折心情不悦之时，也想过吐槽点什么；工作做出成绩得到领导认可怡然自得时，也想抒发点什么；有机会出差到外地游历，特别是面对大自然的浓妆淡抹和鬼斧神工的那一刻，也不止一次地激动过，有过很多遐想，有过多次想写点东西的冲动。而每次心情激动时只会吐出一个字"美"！两个字"好美！"三个字"好美啊！"然后就是一步三回头，流连忘返，意犹未尽，最终是没有了下文，几天之后冲动就过去了。

退休生活开始后，面对广场舞、合唱团、太极拳、器乐、旅游等热闹非凡、丰富多彩的大妈生活圈，感染和诱惑都是很有冲击力的。我开始了思考，自己做点什么好呢，总不能天天无所事事？经过一次次反思，一次次回头审视自己的颓废，我给自己定了主意：做自己最喜欢的事，圆自己一个梦，不能让有限的时光再次从身边流过。喜欢的事有三件：首先是瑜伽。我继续练打坐让我身心得到了安静，呼吸让我周身放松，冥想让我灵魂得到放飞。心静下来了，平衡中慢慢拉伸，学着挑战一些自己以前认为不可能的体式，从而激发了自己的潜能，逐步发现了不一样的自己。"闭目养心身，音谐慧骨伸。天人柔合一，入境化禅尘。"这首五绝是我的心声。其次是旅游观光，享受大自然。游历我国的三山五岳、五湖四海，地球的五大洲、四大洋。我在版图上圈出了我已经去过的地方，标出了计划和逐步要去的目标。再就是圆自己久违的一个诗词梦。喜欢国学，喜欢诗词，虽然老了，但脑子又开始年轻了，在微博的"诗词超话"里开始对对联、写诗、填词。在学习的路上才记起，40 年前父亲的书架上曾有一本薄薄的书《诗词格律》，当时在办理父亲后事时（父亲英年早逝），有一位父亲的老领导在书架上看到了这本书，向我借走了，现在肯定是找不着了。当时我草草翻看过几页，平平仄仄，仄仄平平的一串一串，密密麻麻的，一眼茫然，就像是天书，反正是不懂。后来我在参加了诗词学院的系统学习，不谦虚地说，才开始从零基础入门，才认识到自己各方面知识的匮乏，40 年前曾见过的那本"天书"的密码才一一开始解锁。现在想这也是我能进入未知领域的一份天真吧，不然就不会有今天无知无畏的自己。

有山水的地方就有诗，有烟火的地方就有情；人与自然的相识相处就有了故事，人文美与自然美的结合就有了诗情画意；诗和远方就有了逐梦人，韵律美的流淌就有了心头、眉头、笔头下的山花烂漫。静下心来时，清风就会拂面。人生并非姹紫嫣红才算春天，有时素心淡雅，也是一种恒久的芬芳；人生也并非高官厚禄就是风光，某一天在繁星明月间推开一扇斑驳的老窗，篱笆菜园，瓜果垂悬可能是自己最向往的桃花源。照镜时满鬓花白的自己，还能怀抱书香回看时光的流淌，还又发现了一个简单可爱的自己；还能继续为大自然的神奇而悸动，为尘世间细小的感动而眼眶湿润，这便是时光深处最美的懂得，足矣！大自然的风姿绰约，给了诗人以无限灵感；人间的酸甜苦辣，给了诗人以美酒、咖啡；生活中的真善美，给了诗人以敏锐与正义。我坚信做自己喜欢的事，哪怕它有多难，都是开心的事、幸福的事。我更相信人生能遇到的人，遇到的事，包括帮助过你的人，或是鄙视你的人，都是命中注定，也是成就你的人。然而你喜欢的人和喜欢做的事，更应该是命中的缘分，一定不负世缘，不负自己。

韶华已去，余生渐短，做自己喜欢的事，痴心不改。我学写的东西，因为缺乏文化功底，作品缺少境界、文采和深厚底蕴，在诗歌海洋里，就像是一杯无味的白开水，纯属小儿科。我给自己一个形象的评价是：我很投入地在给大家讲一个笑话段子，段子讲完了，我自己笑得前仰后合、欲罢不能，众人却面面相觑，没有反应。也就像我今天的作品一样"笨人涂鸦，自我陶醉"。

一路走来，真诚地感谢老师们的不离不弃和悉心教导，感谢诗友们的真诚陪伴，感谢身边文友的鼓励和指导，感谢家人们的亲情温暖。

2023 年 12 月 30 日于山西长治

目 录 MULU

1

3

律诗篇

·五律·

·七律·

词 篇

·小令·

9

绝句篇

五绝

心思

小女倚阑坐^①，心思团扇知。

神怡亭外景，一笑眼眉移。

注：①看到小外孙女暑假外出游玩，身着汉服的一组照片心生
感动。

静雨^①

春风萦翠柳，月下隐青萍。

夜雨书声静，毫端墨韵馨。

注：①借联成诗，写给"静雨"（微信名）。

瑜伽^①

闭目养心身，音谐慧骨伸。

天人柔合一，入境化禅尘。

注：①与瑜伽结缘于2000年，是一位同事引我入门的，本想试
试，但一发未能停下。瑜伽的真正魅力，不只是表面看到的
身体运动，而是内心淡定、身心合一的一种境界。它已伴随
我近20年，成为我生活的一部分。

花吟

芬芳瑰丽时，灿尽露冰肌。

花冢何方留，香泥落一池。

闲云野鹤①（藏头诗）

闲聚东湖阁，云端弦乐弹。

野风狂劲舞，鹤发老翁欢。

注：①送给一位指挥、唱歌、口琴、笛子、钢琴、萨克斯等样样
都通的老同学、老艺人，"闲云野鹤"为其网名。

路上①

清风度玉门，老弟洗新尘。

独影阳关去，他乡少故人。

注：①写给一位年轻的华电领导干部（微信名"快乐每一
天"），曾获《三晋英才》表彰的行业精英荣誉。

絕句篇

醉瓷①

访朋书屋唠，直眼醉仙桃。

手触瓷瓶瞬，涎水已滔滔。

注：①做客朋友家，博古架上九个仙桃的长颈瓷瓶太逼真了。

芒果季①

远望一山绿，近看似翡翠。

遥知不是禾，扑鼻芒香醉。

注：①到三亚红塘岭芒果园采摘，整个山，整片林，除了绿就是黄。

鸳鸯泳（新韵）

皎镜涟漪旋，双双畅泳欢①。

清凉心魄爽，却似水中仙。

注：①湛蓝的水面，平静得像一面镜子。由于多云天气，阳光照射不足，游泳的人很少，几对俊男靓女相继入水，打破了一泓宁静。

嬉雪

朔风锥刺骨，红脸鼻尖酸。
个小银装厚，孩童玩得欢。

扁舟

丛山四野苍，曲水远流长。
一片孤舟处，千顷碧浪泱。

生灵

虫鸣秋色晚，雁觅苇塘香。
一片蛙声起，精灵玩躲藏。

淡泊

龙钟霜两鬓，福祉泽寒家。
平淡今生过，陪卿看晚霞。

梦牵

心淡三秋水，情深四月天。
鹊桥今别去，梦里彩虹牵。

惜缘

凭窗怜菊瘦，对月惜花残。
我欲扶侬去，难收泪雨潸。

绝句篇

清文

岁月连绵亘，清文记古今。
风云心魄过，毛颖落痕深。

思嫦娥（1）

华灯盈锦水，皓月媚星河。
翠袖翩跹舞，蟾宫幻素娥。

念嫦娥（2）

一跃入蟾宫，尘缘万载终。
羿哥挥臂唤，娥妹泪蒙眬。

怨嫦娥（3）

魂牵月阙仙，梦绕水中天。
一别肝肠断，何年共枕眠。

恨嫦娥（4）

琴瑟忧伤地，和鸣无处寻。
同怜圆月日，笃爱恨之深。

涂鸦

醉笔好涂鸦，吟风又咏花。
红尘多少梦，诗酒趁年华。

团扇

圆圆明月映，缕缕暗香萦。
富贵依风至，清凉醉客卿。

寄老

青山日欲斜，淡定赏余霞。
不管春将老，回甘岁月茶。

七绝

欢聚

故里皮筋小辫丫，儿时玩伴聚天涯。

开心与海留香影，撩起童年戏水沙。

注：①已是耳顺之年，几位儿时一起跳皮筋、一起躲猫猫、弹玻璃球的同学相聚在海南三亚，地道酣畅的家乡话，意想不到的开心。

玉墨

月亮窗前邀玉墨，红颜婀娜倚屏廊。

颦眉挽袖娇羞写，落管千行一帕芳。

半窗莴韵
BAN CHUANG JU YUN

绝
句
篇

咏莲

一

菡萏仙人出水塘，接天莲叶送清凉。

亭亭玉立三分傲，略施粉黛不张扬。

二

小荷一夜粉妆裳，淡雅雍容妩媚藏。

蛙子鱼儿心里泣，仰瞻水目自恓惶！

三

莲思白羽作云裳，万载修来水正泱。

洁玉冰心出泥沼，梢红淡尽送清香。

四

翠叶随风轻浥尘，小荷昨夜已怀春①。

清香淡淡妆诗画，腼腆含羞媚永存。

注：①人们对莲花的倾慕由来已久。近日老同学"东湖晨歌"
（微信名）拍到了心仪的莲花，欣赏之余有感而发。

13

菊仙

黄衣裹翠仙风转，八月花香逸韵来。
昨夜秋华彩妆画，今晨猫步走梯台。

小雪

朝淋冷雨披银粟，暮浴寒风凛似刀。
仙女飞花凉一片，红杉招手慰青蒿。

孤芳

丹纱云漫醉屠苏，妩媚花儿绿叶扶。
疏影黄昏杯酒释，阑珊尽处玉人孤。

艇游

一

海天一色垠无影，锚起船行心未闲。
我等凡人还大圣，艇舟阙上乃尘寰？

二

合适时间对的人，一同出游乐翻天。
载歌载舞放声吼，龙王慌询哪路仙。

三

群鱼戏水族头先，鸥鸟翩翩音浪喧。
盖壤不分胡乱窜，常常错把海当天。

四

帝王老子没吾爽，皇后娘娘逊我嬷。
大笑平生能几次，朝天再借一千年①。

注：①几位好友初春相约三亚湾海上游艇，沉醉于海天一色，放
浪于一望无际，感叹于人生苦短，发心于珍惜当下。

溪水

小桥流水花枝俏，九曲潺潺燕子撩。
昨夜长溪红带雨，新条曳曳好妖娆。

九九

春来冬去花香放，百草伸腰木秀林。
九九开河耕畜走，飞歌一岭漫山吟。

巧妆

妆台顾影镜中花，柳叶眉儿瓜子脸。
两朵林兰插发冠，三支钗碧鬓疵掩。

巧拍[①]

绫掩椰林三角君，罗遮碧海舰舟群。

独窥一撮沙堆处，戈壁荒滩佳丽云。

注：①三亚红塘湾是一望无际的海岸线。沿着填海栈道（海上机场）前行进入海里。在基建原址上有一大堆黄沙，我们惊喜地、巧妙地拍出了人在戈壁沙滩的感觉。

别怨

亭台一别怨三秋，少绿花红几个愁。

满纸深情凝入泪，万般不舍付东流。

蒲公英

花絮伊人素雅恭，煦风抚面露华容。

黄妍绚罢羽球白，水袖仙飘向阙冲。

墨香

清气三分縈纸上，春光万里管城吟。

宣柔力透蛇龙劲，妙笔生花话古今。

风筝

暖流蛰启温渐增，郊野漫空彩带升。

一夜凉风皆散尽，扶摇直上凤龙腾。

注：①惊蛰日，老两口一起户外踏青，散步至西南广场被风筝吸
　　引驻足。

贤聚

一

兰亭雅月花香满，落座群贤放浪骸。

曲水流觞言赋趣，举杯唱和咏情怀。

二

恭王府里玩杯亭^①，显贵廷官顶戴翎。

兴赏宫娥婀娜舞，泛觥作赋酒幽馨。

注：①游北京恭王府，赏流杯亭有感，联想到《兰亭集序》中群

　　贤毕至、少长咸集的场景，古人会玩，玩得又嗨还雅。

邀香

昨夜星辰不夜灯^①，阁楼翻卷已三更。

晨曦做客邀香露，闻醉罗帏酣韵声。

注：①看书到拂晓。

寻香

河畔花红芳簇簇，山间草盖水潺潺。
去年赏景与香邂，今日寻来不待闲。

踏青

花红一缕凤衫染，柳绿千条沐雨烟。
顾影妆奁云玉露，踏青四月最休闲。

空灵

清幽刹野待钟声，庙宇香萦绕世行。
古涧苍山凉气散，阿弥陀佛祷虔诚。

春游

拂过东风春韵发，金兰郊外赏烟花。
边城细雨低飞燕，雀鸟叽喳客到家。

春绿

春风裹绿织青衣，浓叶雏藤花满枝。
草木清新妆夏色，千金淡抹赛西施。

悠闲

红亭树下潇潇雨，绿荫石苔片片斑。
仙气随风拂袖过，悠闲信走水云间。

飘红

桃李春风幻彩霓，枝枝叶叶绣新衣。
尤思花畔前天雨，更恋红盈一涧溪。

睡莲

芙蓉呈露香云淡，出水仙仙俏藕头。
不只生来清自洁，还缘她醒众花羞。

小荷

小叶圆圆珠露俏，雏荷婉婉玉辉娇。
红裙掩媚亭亭立，粉靥含羞窃窃聊。

半窗菊韵
BAN CHUANG JU YUN

书芳

亭水桥边满院茵，推窗赏月醉星辰。
书中可有群芳客，伏案添香念玉人。

酷暑

酷热炎炎擂战鼓，柳槐蔫萎哔蝉苦[①]。
荷风逐暑清凉来，惬意蜻蜓跳劲舞。

注：①哔蝉，即知了。

雅赏

菡萏浮香亭苑锦，笙箫吐翠水光柔。
芬芳满目荷花媚，雅韵清流醉客舟。

绝句篇

水芙蓉

婆娑碧叶红香裹，袅娜烟花翠雾蒙。
蝶吻小荷荷扭捏，冰姿楚楚不由衷。

听雨

云朦乳雾绕瑶台，听雨菩提树下来。
无意听禅钵鱼响，风仙梦幻把香裁。

无涯

吟诗作赋学无涯，清淡盈香似品茶。
人已黄昏心静雅，龙须耄耋气芳华。

绝句篇

小花（新韵）

烟柳抚春花为魂，含苞欲放溢芳芬。

俏皮逸艳可人态，难掩亭亭小荷馨[①]。

注： ①女儿外出旅游一组照片，特别有一张用帽子俏皮地遮掩了半边脸，衣着清淡，活泼可爱，心生喜欢。

七夕

竹马童心驹过隙，青梅酸涩醉人妻。

一腔情惑星桥漫，笑望天河各自栖。

平仄

晨起长亭平仄仄，引来燕雀和情歌。

新诗零落清秋里，鸟语花吟韵一箩。

夜海

眉含天际一泓水，素面凭栏衣带宽①。

云起浪花淋画扇，风吟涛和醉阑珊。

注：①夜晚穿着睡衣，站在阳台上吹风，一个字——爽！曾想起
十多年前，邀老妈一起分享海边生活，老妈说："海浪声隆
隆隆，隆隆隆一直不停，这有什么好啊！"我无语了！

飘零

飞花冷雨愁肠染，夜袭红颜心委然。

无助飘零随叶去，情非所愿影孤单。

香逝

红香逝去空枝寂，墨秀清云满目华。

且看黄英盈大地，煦风细雨逗残花。

墨秀

春秀百花千万绺，多姿婀娜媚娇羞。

雕梅绘竹笔恭好，楚楚留香轴卷幽。

雨秀

太行峡谷鬼神功^①，赤豆多姿峭壁丰。

冷雨随风飘一夜，挥毫泼墨秀苍穹。

注：①游太行山大峡谷——红豆峡。

村夜

风凉云暗村花老，月黑天高早闭羹。

夜晚山庄空寂静，悉听狗叫马嘶声。

27

管毫

题诗满纸花香味，作赋挥毫墨韵悠。
淡雅诗书盈一轴，行云流水话春秋。

秋丰

静听云冷秋声晚，乐舞风吹扫北坡。
枫叶呈红林尽染，山山岭岭唱丰歌。

思月

云萦无尽相思梦，一念姮娥玉镜中。
把酒空欢今又是，千秋后羿恋星空。

寄月

西湖秋水泪如烟，无奈雷峰塔也怜。

互寄相思与明月，红尘看破自成仙。

迎晚舟

一

粉黛红颜不阁帏，三春博弈壮华威。

家人翘盼晚舟返，金菊香迎游子归。

二

嫦娥夜滴思乡泪，月阙仙台囹圄中[1]。

天将天兵齐保驾，驱霾破雾笑"逢蒙"[2]。

注：①华为孟晚舟被控在加拿大1000多天，终于返回祖国了。

②逢蒙，后羿的徒弟，是偷夺后羿长生不老仙丹的人，此人
品行不端。

29

雁南飞①

霜盈大地暖衣薄，鸿鸟南飞另觅窝。

振翅蓝天头雁领，远山回荡北归歌。

注：①这些年每年冬天都去海南过冬、游玩。由此常想到大雁、
天鹅等候鸟，她（它）们无论南飞还是北归应该都是快乐
的。

喜收

秋风吹老万重烟，阵阵禾香无际边。

机器田间游得爽，农夫不再背朝天。

注：①收割机过后，玉米入仓，秸秆粉碎直接还田，农民从面朝
黄土背朝天中解脱出来了。

寒菊

连绵秋水黄花泣，素净衣裙少媚容。

春暖千红侬没份，而今独绽深秋中。

筝韵[1]

渔舟唱晚韵萦来，闭目神怡亦醉哉。

若问琴音何处是，红颜弹拨在瑶台。

注：①谨送给我很敬重、佩服的，退休后才学习古筝的老同事，
好朋友"梅缘"（微信名）。

雪韵

谁剪红梅白玉衣，引来雅士觅芳姿。

朔风嗖嗖六花舞，羽韵悠悠片片诗。

乡恋

闲游嗜好顾农庄，觅得乡音草木香。

偶见残垣荒老宅，怅然若失曳柔肠。

梅雪情

银尘一夜压梅枝，簇簇含情朵朵痴。

料峭相依三九艳，沧桑煮酒醉蛾眉。

红袖

红袖添香案桌前，同君唱和把词填①。

诗心脉脉千年颂，旷世情缘一韵牵。

注：①读杨雨写的《李清照传记》，有感于李清照与夫君赵明诚
　　"赌书泼茶"故事。

鹭、牛"情" ①

春风二月入篱笆，草溢芬芳吐蕊芽。

白鹭黄牛仙界恋，笑吾而立独行侠。

注：①大自然的物竞天择，鹭、牛同框，相伴相随是那样的亲近
　　和谐，它们看我只身孤影，会不会觉得我很可怜。

伤春

草长莺飞燕子旋，红香为我酿脂胭。
春娇一刻花奇艳，晓镜常思二八年①。

注：① "二八"即豆蔻年华。

梦回

花季青皮涩老屯，枝芽洁素沐芳茵。
梦回石碾孩提处，坦笑情亲醉一春。

自嘲

喜爱诗词未读耕，公文万卷半生烹。
回头乐把风歌颂，学语丫丫老小兵。

孕春

阶前雨点似瑶珠，噼里啪啦泡影无。

最是一年春色美，黄花沐浴已如荼。

迎春花

昨夜东风入篱笆，扶摇墙角数枝花①。

诙嘲院外垂腰柳，何日如烟逗翠鸦。

注：①老同学珠平发来一张他自己拍到的迎春花的图片。当时天
还冷，感觉有迎春花报春来的欣喜，写了《孕春》《迎春
花》两首。

随缘

一院清香融细雨，三杯淡酒解烦愁。

红花有意随缘去，翠叶心伤满盏忧。

蝶惑

双飞彩蝶花间戏，漫舞翩跹总伴随。
纵是千年凄婉爱，红尘更有苦情痴。

吟春

岁月常新春色暖，堤前花柳已如烟。
欣然脱口诗流出，自在逍遥踱步宣。

别趣

窗外海棠垂雨露，庭中文竹聚清风。
须眉笔下诗歌咏，翠袖添香醉墨融。

瑶情

沧海相连碧浪宽，涛声依旧拍沙滩。
抚筝一曲天仙配，蜃景鸳鸯可是欢。

青阳

雨细春深花正艳，风轻蛰启柳含烟。
不知丽影谁裁出，还把芬芳当画悬。

竹柳风（新韵）

香风拂柳春枝醉，竹子虚怀雪魄魂。
同仁池边青一色，性情雅趣各芳芬。

春来了

晨烟淡染妆春色，暮雾轻浮露泽花。
昨夜风儿来散步，千山娇媚胜云霞。

绘晚秋①

情寄通州与广州，闲来老屋转悠悠。
桃花源处公卿伴，妙手丹青绘晚秋。

注：①好友夫妇已是耄耋之年，子女远在千里之外，两人喜欢花
鸟虫鱼，追求房前屋后种瓜得瓜的生活，也喜欢画画，有很
不错的笔墨功底。

醉春宵

夜雨初晴春似画，晚霞冉起暮如纱。
闲来把酒诗歌赋，不觉繁星已到家。

词牌汇^①

水调歌头芳草渡，西江月下少年游。

无愁可解真欢乐，沉醉东风幔卷绸。

注：①诗中有七个词牌和一个曲牌。

醉郎君

花枝烂漫春风荡，词韵悠扬雅意芬。

一曲高山流水咏，珠玑字字醉郎君。

痴情

香风一院花前醉，碧柳千条絮样柔。

欲问多情枝上鸟，莺歌燕舞被谁勾。

牡丹花

清风拂翠娇枝俏，醉月柔莹凤阙仙。
正是天香嫣媚季，闻听破蕾夜无眠。

寸草心

水缓风轻春日暖，云舒虹彩雾开晴。
溪边小草迎朝发，不比花香不为名。

花吟

庭中缭绕花香气，一院芬芳春意浓。
万紫吟诗填雅句，千红相和韵从容。

山花

春意传来香蕊媚，芳华染尽醉柔红。
山花不舍相思梦，长在西隅笑望东。

裁春

月下春花香四溢，窗前凤竹发三枝。
谁将七彩来裁出，水暖长江风雨知。

问春

数枝新蕊含珠露，缕缕青条吐絮棉。
谁给千花穿绚彩，又将万绿染鲜妍。

半窗菊韵
BAN CHUANG JU YUN

绝句篇

春燕

晨曦送暖啼珠翠，燕子飞旋笑语欢。
婉转歌声飘一谷，卿卿我我醉山峦。

戏花

花戏春风鱼戏水，莺啼烟柳燕衔泥。
唐宫满苑芬芳艳，粉蝶依钗醉梦迷①。

注：①粉蝶依钗，即唐玄宗临幸后宫玩的"蝶幸法"，蝴蝶落到
谁的头上就临幸谁。

翠墨

雨染青衫花带露，风挥墨案洗纤埃。
红香翠袖行云写，不绾金簪不抹腮。

41

凡缘

轩榭亭台香细细，烛红帏帐意绵绵。

凡缘并蒂心相印，翠袖云纱梦雨烟。

荷芬

小荷叠露迎风转，玉藕盈香水底钻。

身出污泥而不染，接天莲叶立诗坛。

独处

衣染荷香人醉月，云依兔影树撩风。

无言独坐清茶泡，漫卷诗书喜乐融。

祥和

细雨清凉楼阁静，轻吟小唱弄堂欢。
填歌一曲吉祥颂，晓看人间百事安。

香吟

瓜果飘香农院静，诗词赋韵阁楼吟。
清茶一盏回甘醉，七步成章雅句寻。

清凉

夏日清凉香一品，荷塘月色韵三尝。
开门小立迎风处，惬意情怀水上飏。

浮生梦

荷花明月皆禅意，慧眼清风聚佛缘。

似梦浮生谁主宰，简单快乐福无边。

星月情

疏雨清凉花草媚，繁星眨眼韵柔萦。

遥遥对月衷肠诉，勿忘山盟海誓情。

神州仙

神笔飞旋乾外客，仙人又上九重天[①]。

拨云揽月游寰宇，玉帝宫中舞翩跹。

注：① "神舟十四号"宇航员陈冬、刘洋、蔡旭哲今天飞天。

相思

清词一阕愁千缕，婉曲三声醉半城。
脉脉相思酸楚泪，天长地久念君卿。

莓吟

小雨泛凉花叶嫩，微风送爽草莓吟。
劝君屈膝将吾采，不负红颜一寸心。

花仰竹

姹紫嫣红花叶媚，清华儒雅竹枝娆。
邻家花妹芳心醉，借雨托风找话聊。

娇痴

清溪浅浅花容映，少女情怀总是诗。

晓镜才知丽妍去，余生冷艳乃娇痴。

好鸳鸯

冷饮三杯消酷暑，清凉相对好鸳鸯。

轻吟心上添和美，惬意春风满屋堂。

尘化

禅房花草清香起，信女善男僧寺来。

般若心经尘化净①，阿弥陀佛万缘开。

注：①般若，佛教用语，即智慧。

闲庭信步

闲庭花影茶香送，信步云端月色流。
触景生情心绪远，诗歌澎湃曲声悠。

笛韵

浮香碧影清池缀，月色撩人陌上流。
谁在亭前吟凤笛，行云欲绕妙声悠。

诗情

陌上花开香馥馥，亭前竹影雅谦谦。
屠苏呷啜诗情涌，妙语连珠落笔尖。

热

祝融鞭火烧南北，烈焰烘炉似汗蒸。
雨静荷香凉意漫，难平小暑热浪升。

善恶缘

世间善恶心为念，跋扈横行惹怒天。
因果人情皆定数，轮回有道各由缘。

牵手

花影流香依月色，琴音婉转绕山川。
双双躲在阑珊处，意合缘投把手牵。

绝
句
篇

锁愁

一树清香飞鸟醉，千山翠色倚风游。
情如流水相思累，离合悲欢泪锁愁。

东风笑

烟暖雨收花色艳，琴舒曲美韵清纯。
东风夜放红千树，笑语盈盈万户春。

赛神仙

新茶旧友尘情叙，老屋初晨往事烟。
茗不醉人人自醉，回甘悟道赛神仙。

小溪吟

高山流水峭崖推，一跳飞歌气势恢。
谁与浪花吟半盏，小溪小涧话悲催。

湖岛情

蓝湖绿岛千般色，浪剪春风辫子梳。
阿妹阿哥舟帆启，轻歌细语恐惊鱼。

娶新娘

斜阳水影轻舟荡，雨霁飞虹娘子来。
晓镜寒晶花月貌，鸳鸯舸上酒三杯。

半窗菊韵
BAN CHUANG JU YUN

绝句篇

耄寿[1]

历尽沧桑九十春，同堂四代享天伦。

人生苦痛风吹过，撩发丹霞百岁臻。

注：[1]为姨妈（母亲唯一还健在的血亲姐）90岁庆生。

对竹吟

成诗一首特开心，跑到堤前对竹吟。

本想与君轻唱和，哪知韵染众卿林。

莫徘徊

慵眠草地清香枕，典雅玫瑰静待开。

不负花期非负美，韶华精彩莫徘徊。

半辈痴

翡翠罗裙妆玉面，红颜水袖媚娇姿。
颦眉一笑倾城恋，暮暮朝朝半辈痴。

愁

叶凝香露晨烟淡，远寄心思薄雾悠。
提笔天边书大字，奈何狂写一云愁。

鹊桥会

氤氲袅袅晨香溢，伉俪依依爱意浓。
织女牛郎鹊桥上，银河作美话重逢。

游子归[1]

江山千古英雄护，历尽沧桑游子归。

保我河山张正义，当仁不让显神威。

注：[1]台湾是中国领土，无论多难也一定要回家。

盼圆[1]

千古风情千古月，九州菊绽九州华。

天涯共赏一轮月，翘盼同胞早到家。

注：[1]佩洛西串访，台海风云再起，盼望完成祖国统一大业，福泽华夏，振我国威。

立秋

碧水柔沙风细细，红花吐蕊媚悠悠。

丛中知了放声唱，数日高温乍已秋。

鱼书

飞花逐水情思落，和曲挥毫爽气扬。
一段春词君可记，尘封往事已沧桑。

风梳

云游盛夏花颜好，月满金秋百谷香。
只恐风摇禾黍睡，蝉声一起快梳妆。

中元节

融融草绿风清远，淡淡花香月皓苍。
戚戚悲愁心上涌，长长泪水向天堂。

亮节

枫红初露妆花径，竹翠春烟笋蒂生。
雨夜轻闻君拔节，空山遍野碧虚兄。

柳莲遇

小桥东畔风扶柳，老岭西塘雨伴莲。
柳羡红莲洁且雅，莲倾碧柳舞翩跹。

香雨

香郁袭人风籁远，云悠陌上雨帘扬。
谁家小女跑飞快，湿了衣裙花了妆。

菊芳

一纸诗香思绪诉，半窗菊韵入词来。

百花灿尽吾方绽，万缕情丝日月裁。

瞰秋

芳菲正好山河醉，璀璨星辰大地醺。

鸟瞰天然调色板，心尝劳作谷香甘。

山菊

月朵幽馨遗野陌，含嫣破笑吐芬芳。

无情独对秋风荡，气度翩翩满地香。

菊放

秋意渐浓黄叶舞，冷香袅袅桂琴弹。

花吟阵阵风柔拨，薄雾行云菊绽欢。

叹悔

打小温书把懒偷，不知发奋也无忧。

时光荏苒韶华过，别样人生逝水流。

寄情

半窗花影迎秋色，满目霜英染鬓颜。

把酒一杯邀桂月，天涯素友泪长潸。

寄韵

草径斜烟融笔墨，诗文寄韵染芬芳。
秋风有句题枫叶，白露为霜山水苍。

清孤

轻云逐月花枝笑，玉管迎风气度儒。
独坐亭前心品竹，人生淡泊奈清孤。

深秋

枯黄满地知秋老，寒翠盈坡已沐霜。
岁岁重阳今又是，茱萸散尽待梅香。

读阿炳①

纷飞冷雨幽泉落，泪水抚琴叹息长。

呐喊声声弦泣诉，拊心对月话悲凉。

注：①读赵沛写的《阿炳传》，回看阿炳的传奇人生，还是不太
懂阿炳。

仙境

一片丹霞水里流，半湖锦缎半湖绸。

扁舟阿妹歌声近，天上人间画中游。

烟柳寒

幽幽草色和云暖，淡淡忧伤烟柳寒。

纵是燕来春又俏，几枝静好几枝欢。

清欢

轻云伴月溪光冷，庭宅孤灯夜色沉。
独自漂游书里去，聆听前辈古人吟。

荔芬长安

梅影疏斜冰雪媚，荔芬弥漫果嫣鲜。
飞骑千里路遥苦，只为贵妃一笑妍。

梅竹风

红梅披雪银装扮，绿竹盈霜翠墨裳。
竹羡暗香柔骨傲，梅倾青士帅君郎。

雪韵

草木成花银雪缀，填词赋曲乐弦弹。
寒英抚韵翩翩舞，浅唱低吟北国欢。

柳痴

堤柳恋荷荷不知，借风摇曳荡琼池。
亭亭玉立风姿雅，博得芳心有几枝？

执手

云山来伴青松老，梅雪相随腊月寒。
执手依依东岭下，烹茶煮雪享余欢。

春溪

琼花抱雪寒香绕，玉带携春灵气融。

休问小溪何所念，芳心荡漾不由衷。

诗心

映日梅花三两点，心怡诗句两三行。

文思泉涌开怀唱，妙语连珠把酒狂。

知音

竹雪盈香诗画里，琴弦寄韵阙云间。

高山流水知音遇，一墨情深不等闲。

绝
句
篇

红尘念

月上书斋风色晚，亭前乐苑韵音甜。
嫦娥掩卷颦眉叹，一曲相思落泪帘。

心忧

一夜寒风千树雪，三杯浊酒万般忧。
茫茫瑞叶漫天舞，片片心思阵阵愁。

娇梅

云间仙子银装扮，雾里芙蓉红盖头。
一夜寒风将梅拥，枝枝腼腆面娇羞。

逸韵

带雨春枝垂翠幕，含情紫燕剪红帘。
欣然落笔缤纷画，恰是无声逸韵添。

蕴春

瑞雪含香藏草木，寒风蕴翠蓄春华。
皑皑银粟山川静，喜雨一场花漫涯。

中国风

一

拨弦转韵徐徐诉，扭动腰肢娓娓言。
龙的传人华夏脉，秧歌国粹热浪掀。

二

广袖瑶琴倾古韵，幽姿丽服展新风①。
汉宫曲舞箫声绝，娇女玉郎其乐融。

注：①观看在日本东京中国人自发组织举办的汉服表演。

腊梅

晶莹似锦千崖雪，绚丽如云万簇梅。
又是寒风轻拂袖，疏香袅袅上瑶台。

情人节

潇潇细雨春红润，九九玫瑰馥郁香。
花不醉人人自醉，芳菲袅绕好鸳鸯。

春归

春风十里花枝俏，雁阵千行昼夜飞。
顾念北方山和水，桃红杏白引鸿归。

吟和

江楼斜月诗香聚，碧海连天词韵流。
广袖瑶琴两仪和，倾怀雅句颂千秋。

闲云①

碧水悠悠绕我家，朝穿晓雾晚披霞。
鸥闲淡静烟波里，听海观潮吃果茶。

注：①海南度假。

醉春

柳丝拂面春烟舞，月色迷人雅兴来。
对影推杯云朵伴，逍遥自在醉亭台。

无题

春风溪水露华清，解语花开一树情。
手搭凉篷幽境望，桃花源里古琴声。

心愁

黄花流水离人瘦，淡月吟诗桂子幽。
把盏三杯无意醉，登高和唱解心愁。

观画展①

一

太行涧水碧悠柔，峡谷奇峰曲径幽。
忽入轩廊疑梦境，亦真亦幻雾中游。

二（新韵）

心潮澎湃情怀远，毫舞风雷见太行。
纵有三山仙毓秀②，难及笔墨绘沧桑。

注：①观杨富林先生"水墨太行"画展。
　　②三山，指神话中的瀛洲、方丈、蓬莱。

67

诗友情

水云深处藏诗画，梦幻城中有远方。
邀友讨杯欢悦酒，同吟共和走沧桑。

睡莲

一泓碧伞似舟漾，片片情思叶下藏。
月洒清凉风剪剪，羞羞答答现红妆。

禅韵

袅袅茶香禅韵漫，潺潺碧水笑颜柔。
倾杯品茗菩提偈，几度明心几度忧。

涂鸦乐

光阴不耐老娇痴，草木葳蕤也是诗。
万紫千红今日赋，愁云惨雾昨儿词。

遥夜

月夜瑶台箫笛起，玉人袅娜着云裳。
轻移红袖风华舞，频晃金钗眉叶扬。

花月影

花影婆娑池水映，韵姿婀娜月辉生。
蜻蜓潇洒慢三步，一阵风来菡萏惊。

不了缘

岸边花草芬香溢，天上星桥鹊鸟连。

情染银河穹落泪，牛郎织女共缠绵。

航飞空中（步陈与义《襄邑道中》韵）

穿云破雾驭长风，方丈瀛洲海岸东。

尽觅天宫深处景，霓裳翠袖烛摇红。

附原诗：

襄邑道中

陈与义

飞花两岸照船红，百里榆堤半日风。

卧看满天云不动，不知云与我俱东。

绝句篇

竹韵

月华似水山峦映，竹韵如诗淡雅流。
碧叶吟来丘岭翠，不随夭艳论春秋。

走天涯（步李觏《无题》韵）

白云深处柳烟遮，山水牵情寄万家。
撩起乡愁凭远望，伊人不再走天涯。

附原诗：

无题

李觏

人言落日是天涯，望极天涯不见家。
已恨碧山相阻隔，碧山还被暮云遮。

71

立秋

斜风细雨露华柔，千里清秋桂月幽。

树上知了还在唱，棉麻谷黍已含羞。

菊华

萧萧落叶寒声送，艳绽东篱朵万千。

银月高悬侬晓镜，清心淡雅似花仙。

小桃源①

闲赏亭前小菜园，葫芦豆角吊瓜悬。

桃花源处半生梦，哼曲孤斟自称仙。

注：①送给小弟，好似他想要的晚年生活。

汾河溯源

轻风酥雨管涔山，只见云烟不见天。

寻迹汾河发源地，雷鸣圣水盛于焉。

注：①冒着中雨在忻州宁武管涔山雷鸣寺寻找到山西汾河的源头。

冷美人

雪肌玉骨醉花仙，沉睡冰壶百万年①。

没有鸿儒深探解②，无缘邂逅冷珠妍。

注：①观云丘山万年冰洞。

②鸿儒，即有学问的人，这里指地质专家。

迟菊

冷雨霜风天色老，拥红堆雪百花残。

都言陌上秋颜好，艳压群芳为哪般。

73

凝香

已是秋颜日渐凉，木樨入酒入茶忙。

三杯浊酒三分趣，半碗清茶半屋香。

嶙峋聚①

轻吟小曲信天游，吃酒品肴酣不休。

待到来年秋月九，无灾无病聚村头。

注：①北京老同学、闺蜜相聚。

菊风

秋凉渐至黄花艳，色彩缤纷翠露莹。

淡雅芬芳香怒放，傲然挺立韵无声。

秋题字

彩叶雕诗心事满，清霜刻赋逸情深。

洋洋洒洒秋题字，簌簌沙沙遍地吟。

律诗篇

五律

登峨眉山①

峨眉鸿雪后，节令正深冬。

山隙松涛过，冰连金顶峰。

阶台光滑溜，耳畔觅禅钟。

问道普贤佛②，凄霜上九重。

注：①2001年元旦清晨一早就登上了峨眉山，调整心情。

②普贤佛，即普贤菩萨，峨眉山是普贤菩萨的道场。

观壶口瀑布

潇风雨带歌，岁月不蹉跎。

滚滚黄河水，滔滔母亲河。

奔腾行壮阔，咆哮跳崖涡。

昼夜在澎湃，开心意为何。

律诗篇

首都夜景

城楼挂彤笼，霞洒满天红。

华表银装裹，花篮映彩虹。

流光霓闪闪，游客兴冲冲。

六百年穿越，明皇不识宫。

注：①2020年10月1日是国庆71周年。我们是18号进的北京，北京的节日气氛依然很浓，花坛，花篮，花海，花的主题景观依然绽放。疫情后的旅游已开放，全国各地的旅游团队，正一拨一拨赶往天安门。面对全球疫情，感慨万千，中国人太骄傲了！浮想联翩，时光回到600多年前，大明朝定都北京，亲自建设紫禁城的明成祖永乐皇帝，看到今天的变化也一定不想回宫或找不到回紫禁城的路了。

梅雪情

雪掩冰魂娇，倾城二八乔①。

赏颜逢丽日，香气入云霄。

霜喜花妍美，梅欢瑞叶飘。

凌寒相拥抱，一直与春聊。

注：①二八，即豆蔻年华。"乔"指江东二乔。

筝韵①

清凉茅野秋，天籁阙魂钩。

戏水寒鸦逐，渔舟唱晚幽。

空灵萦白雪，气势逐云游。

古雅柔蕿拨，风情指上流。

注：①谨送给我很敬重、佩服的，退休后才学习弦乐、古筝的老
同事，好朋友梅缘（微信名）。

思君

丛山四野苍，曲水远流长。

一片孤舟处，千顷碧浪泱。

渔夫江上走，妻子打帘望。

又是夕阳下，那船载我郎。

露月

朔风穿冷箭，日渐觉衣单。

冻雨侵千紫，严霜煞万丹。

惊鸿围脖锦，髦士佩云冠。

甜蜜依偎紧，心怡此薄寒。

嬉雪

银沙纷旷远，羽被接天端。

雪仗呼圈打，垂髫①好是欢。

飞毛腿来了，洲际导回弹。

没有娘亲唤，还难缴械安。

注：①垂髫，即儿童。

傲梅

花仙凤舞滔，方野降鹅毛。

小小戴银帽，貂蝉挂羽袍①。

纵然冬酷冷，百媚更多娇。

待到天晴日，千钗颜似桃。

注：①貂蝉、小小，小小即苏小小、是三国和南北朝时期的两位
美女。

闲情（新韵）

春风送香至，邀我去登山。

曲曲虫蛇径，阡阡草木烟。

阳光林隙照，树影水云间。

偶有杜鹃鸟，经停遗好妍。

巾帼女神①（新韵）

舟箭再登基，洋飏振翅驰。

天宫迎秀女，大地续传奇。

念子鱼书寄，思儿没泪滴。

如潮心里话，字字玉珠玑。

注：①写给一位中国英雄刘洋，也写给自己。读六一儿童节刘洋
从酒泉卫星发射基地问天阁发给女儿的一封信，很感人，诗
不达意，小释心情。

律
诗
篇

菩提缘①

金秋四野香，小院满亭芳。

神旷觅花趣，心怡翠跳墙。

条藤婀娜挂，提子紫薇妆。

此树非吾植，鲜甜任我尝。

注：①二弟邻居家院里种的一棵葡萄树，长得很好，品种也不
错。每年冬天要收藤掩埋，开春再从土里刨出，搭上架子。
邻居很有心，故意将藤搭到二弟家墙上几根，足够他每年观
赏和解馋了。

邻花①

同梯十二家，户户有枝花。

荏苒时光过，裙钗变老妈。

窗前偕赏月，柳下共聊娃。

和睦邻风好，修心读晚霞。

注：①我们单元邻里很和谐，中秋节聚餐后，婆娘们一起留影。

写人生

峡谷惠风清，溪流弄笛声。

松衫戏香草，鹊语逗芳卿。

霞映群山醉，心萦遍野情。

挥毫书壮美，泼墨写人生①。

注：①观杨富林先生"水墨太行"画展有感。

晚晴（步李商隐《晚晴》韵）

家居古郓城，民朴蕙风清。

湿地牵屯廓，烟霞寄晚晴。

蓝天幽韵美，碧水色空明。

淡看浮尘事，心如燕子轻。

附原诗：

晚晴

李商隐

身居俯夹城，春去夏犹清。

天意怜幽草，人间重晚晴。

并添高阁迥，微注小窗明。

越鸟巢干后，归飞体更轻。

愁①

田庄树挨树，城市楼挤楼，

都是农民种，焉知楼太稠！

春来忙筑地，秋至喜收楼。

日日披星月，宿居依旧愁！

注：①近看我家周围去年开工，今年都封顶的50多栋楼房，远观
城市高楼拔地而起，联想起农民工的辛苦。

菊华

霜枝花逸放，寒露点珠光。

一朵九华绽，千红皆谢妆。

欲传春信息，不怕世炎凉。

细叶绒球绣，含风吐雅香。

知秋

斑黄一叶先，告诉已秋天。

树树层林染，山山落木旋。

半生风雨过，几载韵词圈。

饮醉浮生梦，邀杯望杜鹃。

托词

心静一湾水，涓涓东向流。

书轩犹可醉，闹市躲清幽。

岁月蹉跎过，光阴虚度愁。

寒暄如是说，顾避俗尘眸。

嘲老友①

大雪纷飞日，家乡遇故知。

主人反成客，吾辈勿稀奇。

北上天伦乐，南归明月迟。

举杯同庆贺，工作不能辞！

注：①老同事、老朋友两口子退休后，一直在北京帮儿子带孙
　　子，很少能回来和老友们聚到一起。

七律

思故乡

秋日滨城城不夜，黄衫一队海边来①。

琼浆玉液沙滩摆，小菜香肠令酒开。

举盏频频邀桂月，低头怯怯掩桃腮。

良宵美景他乡客，作赋吟诗款步抬。

注：①2004年仲秋，单位由我负责带队，中层干部一行27人赴
大连疗养。适逢中秋节，我们团队统一着清一色的明黄色T
恤，回头率很高，当晚我们就在海边沙滩上野餐。我们不拘
一格，想说啥说啥，想唱啥唱啥，吟诗，朗诵，举杯邀月，
共度良宵，这个中秋节很特别，美好的时刻，终生难忘！滨
城指大连市。

清明祭①

双亲墓地翠风苍，层叠云杉臂打凉。

燕雀祭台常做客，精灵松下戏鸳鸯。

冢前玉带潺潺过，旷野青蒿阵阵香。

故供佳肴丰又盛，也为凤鸟伴爹娘。

注：①昨日清明节父母坟前祭奠，这是父母合葬后的第一个清
明。父亲因病早逝，母亲去年病逝后他们才葬到一起，他们
时隔36年总算见面了，但终究是到了另一个世界……

做自己①

半百功名昨日零，闲云一片返寒庭。

常常梦魇上班迟，每每空虚太静宁。

古有老泉忧学晚②，今儿我朽乃轻龄。

从容淡定浮华去，步履蹒跚脚不停。

注：①我退休了。曾记得年轻时，看到老人说到退休，总觉得离
自己很遥远。不服老，不想老，可谁又能不老？老了不再彷
徨，做自己喜欢的自己，足矣。

②老泉，指苏老泉，也指老人。

丹顶鹤①

满眼茫茫碧苇泱，微风袅袅草清香。

冰姿绰约雪云羽，踱步轻盈气自昂。

美女额头丁点俏，帅哥燕尾范骄狂。

浮生若梦惊鸿现，飘逸华兹仙阙飏。

注：①朋友邀约前往齐齐哈尔市扎龙丹顶鹤的故乡。远看像珍珠
一样一颗颗、一堆堆、一片片、一群群。近观丹顶鹤在水面
上觅食，大步流星地晃着，时而蜻蜓点水一样振翅飞扑，时
而像大鹏展翅高飞，太美了！耳边聆听着《一个真实的故
事》的歌曲，想到为守护丹顶鹤而献身的小女孩徐秀娟的故
事，不免有点心酸。

迁徙①

仙姿候鸟瀚空飚，振翅高飞心带伤。

郁郁丛林栖寿客，嗷嗷大雁宿芦塘。

纵然万里群山险，还有千川爱守望。

鸿伴之间如恋慕，南来北往好鸳鸯。

注：①大雁等候鸟马上就要飞南方了，祝它们一路平安！

律诗篇

衡山①

翠荫融峰阙境幽②，微风拂面入初秋。

远观香客盘山绕，近看乡民红肚兜③。

少壮虔诚徐步走，老人膜拜猛磕头。

洞庭波涌同祈祷，薪火相传万古流。

注：①南岳衡山我来了！完成我游走五岳的计划。站在祝融峰上，
神往洞庭湖、岳阳楼、橘子洲头、湘江玉带，看着穿着红肚兜
前来祈福的香客们，思绪万千。有小家才有大家，国泰才能民
安，瞬间读懂范仲淹先生"先天下之忧而忧，后天下之乐而
乐"的名言，即完整意义上的薪火相传。

②融峰，指南岳衡山上的祝融峰。

③红肚兜，指香客们都统一穿着的肚兜，肚兜上绣着来自不
同香会的标识。

偶像^①

放眼潇湘橘子洲，层林雨霁美颜收。

风华正茂气风发，挥斥方遒壮志酬。

言道何知民疾苦，问天谁解国之忧。

虔诚合掌像前拜，饮水思源福泽求。

注： ①橘子洲头有幸欣赏到毛泽东青年时期的艺术雕塑，雕塑高
32米，长83米，宽41米，刚刚竣工。

舞秋^①

已是瓜天今又刮，身披彩蝶赛仙翁。

翩翩树叶凋零坠，簇簇黄花落韵匆。

寒入千山冬意近，霜银万木秀丹枫。

沧桑岁月红尘短，金绚晚秋人舞风。

注： ①厚厚的一层残叶，被大风卷起。我走在大道上，漫天的树
叶裹着我一路小跑，不用力是站不住的。

大雪

仙娥撒雪少矜持，遍野狂飞舞袖时。
岱岭丘群银扮靓，亭台玉树裹风姿。
匀开两臂朝前走，锁步回头你是谁?
发抖哆嗦鼻涕绺，容颜不识不稀奇。

酌月

沧海尽染一泓澜，皎洁银光映广寒。
森森波粼频眨眼，蓝蓝天水辨清难。
推杯宫阙邀娇兔，换盏汪洋漾玉盘。
先和吴刚交烈酒，方随桂魄舞亭阑。

说苦（新韵）

初来不晓人间苦，回首茫然苦中人。
都是凡夫皆过客，何由三六九等分。
常人岁月蹉跎走，智者朝夕奋斗辛。
往事如烟翻片去，今生精彩伴红尘。

云遮月①

玉兔盈风秋日圆，出宫常遇霏云漫。

中秋时节谦恭请，娥女含羞露艳难。

冬月闲来思翠月，氤氲缭绕雪霜寒。

苍山大海心遥远，天地人间永两端。

注：①习惯看公历，很少记得看农历，几次十五想起看月亮也逢
阴天都没有看见。

心湖①

东湖潋滟春光好，柳绿花红雁返头。

舰艇足登川上走，阁台乐起畅春秋。

沙滩一岸海边趣，水幕千屏玉阙幽。

欲把心潭比西子，池塘小瓮也悠悠②。

注：①2020年11月21日，华北地区普降雪雨，今冬第二次降温。
老家的好朋友发来一张家乡的东湖照片，起名"氤氲东
湖"。东湖是我们老家县城的一张城市名片，希望雾霾快快
过去，云开雾去的东湖确实很美。忽然想起曾在几年前春
节之际，和一个远嫁杭州的闺蜜互微，她人在婆家杭州西湖
边，此时却很想念家乡的东湖，有感而发。
②"东湖"：是我的家乡近年来建造的人工湖。

蹭街坊①

飞车跋涉奔湘江，霰雾随风视野茫。

夜宿韶山神圣地，伟人故里蹭街坊。

遥看对岸斑青竹，心咏村前涧水塘。

一个庭堂均两户，阿婆才是准街坊②。

注：①2020年11月23日，由长治出发，直奔湖南韶山冲——毛主席的故居，夜宿离毛主席故居最近的宾馆。

②阿婆，是当年和毛主席同一屋檐下的邻居老太太。两家合用一个院子，一个堂屋，只是厢房是分开的。

寻迹①

领袖英容何处寻，湘江西岸翠穹林。

韶山屋下觅芳迹，爱晚亭前听圣音。

四渡奇兵迷阵乱，三军巧战敌难侵。

惊天动地东方屹，触景怀人泪满襟。

注：①2020年11月24日，参观毛泽东铜像广场。广场鲜花摆放有序，武警列队整齐，会场庄严肃穆。专程从四面八方来旅游的人络绎不绝。

律诗篇

睹物

东坡书苑郁葱葱①，睹物生情泪水蒙。

不见草堂勾背老，唯闻律韵绕穹空。

三升三贬云川外，一世一生皆看通。

学识播传心爽阔，清流依旧海天融。

注：①参加的二日游，有海花岛，东坡书院，洋浦港。

思人

博学多才不世功，琼崖西畔看云鸿①。

粗缯大布生涯裹，重锦轻罗仕宦空。

过去蛮荒流贬地，如今康养旅游红。

儋州摇曳东坡柳，不见当年雪浪翁。

注：①参加的二日游，有海花岛，东坡书院，洋浦港。

油菜花

阳春季节柳烟轻，油菜盈黄着贵装。

淡雅清新芳气吐，微风细缕巧梳妆。

工蜂采蜜红中匿，偷觅英台山伯郎^①。

北往南来游赏客，花人媚景一衾框。

释：①英台，即祝英台。"山伯郎"即梁山伯。

律
诗
篇

云中仙^①

谁家小女在桥边，薄缕轻杉宫阙仙。

百媚含羞罄掩扇，千重欲盼望流连。

翩翩玉燕云桥上，苑阁温书少困眠。

月貌花容嵌入画，吟诗度步韵词填。

注：①湿地公园游园，跳舞的、摆拍的、赏景的、看书的，长亭
里，路道边，各有所好。

水"情"^①

雨后寻闲故地风，延绵曲道一行东。

浊漳拍岸浪汹涌，太麓山摇怒怨冲。

树冠残蒿河面荡，高粱谷黍水中蒙。

此般震撼前无有，百载天灾今夕逢。

注：①看二弟拍的大雨视频。太行山上，历史上洪涝灾害很少，但2021年秋天我们遭遇了大雨连绵，山洪暴发，庄稼水泡，农村的部分土窑洞和老房子倒塌，灾情空前。

又秋

风爽天高冷渐来，金秋霁野百花哀。

斑黄落叶萧萧下，绚烂残红片片裁。

山里丹枫霜一壑，川原谷黍垛千台。

层林尽染芳香色，小酒轻酌享醉哉。

似江南①

露浥轻尘薄翠穹，峭岩峡谷未相逢。

三亭九阁湖心落，二十四桥嵌画中。

小女汉装舟上舞，孩童雀跃绕西东。

遥知不是扬州市，巧夺天工怨匠功。

注：①我市漳泽湖湿地公园，日前全国马拉松比赛场就在此处举行。

飞花（步陆游《枕上》韵）

平生爱诗兼爱酒，飞令频频韵满楼。

尘世难逃烦恼事，花前换盏驱闲愁。

接龙讨彩好心欢，口吐莲花惊众人。

试问人间惆怅客，几时能过顺心门？

附原诗：

枕上

陆游

何人借我一壶酒，醉到明年秋满楼。

人间多少惊天月，几分凉意几分愁。

酒入相思情入魂，情由心动不由人。

试问人间红尘客，几人能过相思门。

律诗篇

露月心思

花仙吐雾袖双开，飒洒寒酥一夜皑。

翠柏银装心魄冷，红梅掩媚丽容哀。

相思连理天天泣，独倚西窗日日呆。

旧怨已随秋雨去，新愁又乘雪飘来。

梅雪情

雪压冬云万类枯，暗香幽劲味清殊。

身随沧海迎春色，心伴琼英抗独孤①。

不与群红争艳丽，只修妩媚赏君乎。

梅花焉懂情怀事，白煮寒酥酒一壶。

注：①琼英、寒酥，指雪、雪花。

松柏

扎根峭壁崖峰上，露洗风裁浴雪坚。

翠柏萦香芬大地，青松怀远度无边。

时人不识凌云木，倦客焉知松柏缘。

未见雄姿寒岁老，唯其碧绿醉苍天。

沐霞光

风华正茂走他乡，两鬓飞霜赏夕阳。

岁月蹉跎无老少，功名富贵有炎凉。

千金难买糊涂醉，片玉焉知欲碎伤。

暮色哪堪向愁去，箫声袅娜沐霞光。

仙境

韵律轻盈气息幽①，悠然仙境一兰舟。

行云流水松筋骨，拜日翻轮塑丽柔。

调节身心修自信，平衡内外悟中求。

浮尘何处没烦恼，拥抱余生乐不休。

注：①瑜伽伴随我近20年了，不是瑜伽舍不得我，而是我离不开
瑜伽。无奈三年疫情，所有会馆关闭，我也只得在家中自己
坚持。

律 诗 篇

乡情

闲来故地去寻芳，觅得乡音草木香。

北涧湍流环谷走，南山翠柏顺风飏。

残垣破屋无踪影，古落村庄着靓装。

欲把心情收拾好，流连忘返牵柔肠。

惜缘①

化雨春风二月天，前缘伉俪早兰烟。

千秋巧遇同船渡，万载修来共枕眠。

淡饭粗茶如御膳，齐眉举案喜婵娟。

平生苦短开心过，才子佳人伴百年。

注：①一同事小妹发微信，两口子早餐一碗玉米面疙瘩，还配了
小菜，有感而发！送给我的同事和妹妹，祝她们惜缘、好
运！

倚春

轻风送暖春芳漫，草长莺飞牛马欢。

昨夜天公又料峭，今晨紫燕屋檐钻。

远归鸿雁登程没，心上佳人袄可单。

只要胸中藏有爱，春来何惧路蹒跚。

梦幻园①（新韵）

七彩长廊入梦园，神工巧将秀新篇。

端庄王子披金发，可爱灰姑翠袖翩②。

花伞花瓶花古堡，榭亭榭塔榭仙坛。

天涯坡鹿回头望③，故事开编尚未完。

注：①游三亚天行森林公园，整个公园中除原始的热带森林植
被、花木外，还有精心打造的有故事的花卉造型，身临其境
很提神，自己也有像花一样美的感觉。

②王子、灰姑，指童话故事里的白马王子和灰姑娘。

③坡鹿，传说中小伙与坡鹿的爱情故事就发生在天涯海角，
三亚市也叫鹿城。

四月天

簇簇红樱香两岸，翩翩彩蝶若飞仙。

山溪似镜花容映，燕雀如琴妙语烟。

啼出千川春叠翠，歌来四月艳阳天。

清新绽放珠芽绿，细雨柔情花面前。

六月莲

伞上芙蓉别样红，花丛深处小舟通。

青青荷叶游鱼戏，白白莲根逐节空。

不蔓不枝冰洁玉，风华雅韵傲天宫。

鲜妍绽尽人间美，六月西施隐雾中。

浪漫依然^①

荆花俏舞绚明珠，秀翠东方山水呼。

万众心萦中国结，百年离索共归途。

庄严步操华人范，外俗夷痕渐远无^②。

活力香江澎湃涌，浪漫依旧庶黎孚。

注：①写在香港回归25年之际，过去庆典仪式都是英国式的步操，现在是中国式步操。

②步操，指代表一个国家礼仪走的步伐和队列。夷痕，指老外的痕迹和影子。

村景

清露连绵伏水多，云舒云卷好蹉跎。

黄梅时节家家雨，遍野金浪处处禾。

暮霭沉沉花木掩，丹霞熠熠满山窝。

云开放的屯庄出，溢彩霓虹马背驮。

冷艳

浅浅清溪花影映，柔柔翠柳月牙眉。

男儿有志功名就，稚子情怀总是诗①。

晓镜才知丽妍去，芳群应觉半娘衰。

垂青千古莫愁女，冷艳余生乐不移。

注：①稚子，指小孩，年轻人。

望洋叹①

同胞骨肉隔洋望，一脉相承两岸依。

台海风烟狂骤起，中华血性屹然峀。

江山万古英雄护，宝岛千难游子归。

还我河山张正义，当仁不让显神威。

注：①写在2022年8月2日佩洛西老妖窜台，我方连锁反制。

放下

心宽留得开心在，何惧霜来染白头。

只要健康将脸刷，方能按月把薪收。

坚持运动手牵伴，勿与儿孙搅寡稠。

过往曾经皆放下，糊涂难得少闲愁。

茗趣

观音老铁芬芳袅，知己相围往事烟。

茶不醉人人自醉，冲来香味味方涓。

碧霞一口笑声朗，清友三杯快语宣。

才晓梦乡何必酒，品山品水品怡然。

收获

芳菲正好山河醉，璀璨星辰大地酣。

鸟瞰天然调色板，心尝劳作谷香甘。

一年一度秋风劲，一粒一心供佛龛。

又是农民欢乐季，迎亲喜事接连三。

千秋美

淡淡清香幽径远，潜山伏水浸云天。

小桥东畔风扶柳，老岭西塘雨伴莲。

柳羡红莲冰洁雅，莲倾碧柳舞翩跹。

世间万物皆灵性，各有千秋美若仙。

律
诗
篇

半窗菊韵
BAN CHUANG JU YUN

望月情怀

皓月高悬妆玉镜，群星眨眼媚芬芳。
雪杯桂酒尝心醉，冰盏花茶品雅香。
老友痴迷勿忘我，情人抱怨聚遥茫。
嫦娥流尽相思泪，悔不当初别故乡。

倾竹

陌上绿筠三五簇，清新儒雅叶枝娆。
托风涧草与君诉，借雨山花找竹聊。
淋过蒙蒙同场雨，吹过袅袅一风箫。
秋霜冬雪路遥远，真想陪卿永不凋。

寒露

层林尽染丹枫叶，浩瀚苍穹色别观。
素袖轻收花上露，凉辉淡照草间滩。
残红凋落秋风冷，冻雨晶莹夜觉寒。
莫叹霜天萧瑟韵，低吟浅唱咏清欢。

引磬

古刹磬牵风叶动，吟经缭绕化凡尘。
出家方丈言芳实，入俗香人夙愿真。
满腹忧思随钵去，一腔惭悔待缘因。
禅心清静如明月，修意虔恭有吉辰。

从容

晨起不知几点钟，百无聊赖外兜风。
寒侵残叶两行泪，翠落飘零秃顶翁。
往事如烟余载少，浮生似梦逐成空。
蓦然回首心开悟，优雅从容岁月融。

借酒

谁能借我一壶酒，醑里流诗又淌词①。
赋俺青春没虚度，吟吾清梦少矜持。
心中若有桃源驻②，何处不无云水垂。
拂去繁华丢世俗，乐孤乐静乐萦眉。

注：①醑，指酒。
　　②桃源，指陶渊明笔下的桃花源。

怀远

沧桑岁月数千秋，云锁风烟福泽流。

万里长江扬紫气，一轮红日照兰舟。

登高珠穆与东岳，寄远南沙和九州①。

碧落坤灵无不醉②，逍遥自在画中游。

注：①珠穆，指珠穆朗玛峰，东岳，指泰山，南沙，指南沙群
　　岛，九州，指中原。

　　②碧落，指天上，坤灵，指大地。

暗香（新韵）

大雪压青较劲寒，北风呼啸百枝残。

无边羽被萧萧落，不尽幽香袅袅酣。

没想苦争春满苑，唯思洁雅蕊中衔，

冰莹玉润花容媚，独秀霜天傲骨坚。

归隐

飒飒东风细雨来，千红万紫把春裁。
篱笆小院光通透，墙柳晴窗照月台。
屋后丝瓜萦翠色，庭前桃树泛朱腮。
左观右看如何好，老耋欢心笑逐开。

云吟

南云寄韵蓝天里，淡淡悠思晓镜颦。
玉雪纷飞归客远，清词浅唱绕山邻。
椰风曼舞香盈月，翠雨轻歌美醉尘。
又是冬来秋又去，梦乡老酒可怀人。

迎新年

银装素裹新年到，瑞气呈祥万象苏。
盏盏金波吟日月，枝枝玉叶写桃符。
载歌载舞迎新岁，结彩张灯送疫巫。
天地合鸣生灿烂，繁荣昌盛亦如初。

律诗篇

回家过年

莺歌燕语啼声悦，枯草芸青念翠衣。

一树冰花迎客绽，千川玉镜照亲归。

人潮人海回家路，天北天南灯火辉。

老少同堂除夕夜，妈妈味道暖心扉。

思红颜①（新韵）

芳菲花季分飞散，丽影娥辉梦里牵。

雪地同摔同仰笑，花裙同款同心欢。

自怜桑梓俗幽草，仰恋沽滨雅芷兰。

欲晓女兄何几许，隔空刷屏道嘘寒。

注：①隔不断的思念，写给天津一位长姐。

夏日吟荷（步绣心樱《冬日随吟》韵）

雨后闻听破蕾声，清香袅绕水清莹。

冰肌妩媚烟姿韵，玉骨娉婷幽雅情。

昨日吟柔风唱伴，今朝咏静露同行。

花痴拍客画中画，休顾阴天还是晴。

附原诗：

冬日随吟

绣心樱

云有清风鸟有声，枝头玉蝶绽冰莹。

携来瑞雪添颜色，拂去香尘隐性情。

昨夜诗歌才作伴，今朝车马已辞行。

时光作酒邀新月，不问是阴还是晴。

律诗篇

书香（步绣心樱《夜来香》韵）

柔荑合简掩馨香，拥鬟描眉弄碧妆。

巧理额头流海短，轻梳绾发卷丝长。

推窗沐浴光千缕，闭目回思典两行。

不是习风吹我爽，只缘籍里有清凉。

附原诗：

夜来香

绣心樱

微风习习夜来香，好似仙娥着素妆。

眉宇含羞催梦久，腰肢倚醉寄情长。

聆听旧曲千万缕，巧取新词两三行。

自遣禅诗消落寞，唯留雅趣纳清凉。

台风日[①]（新韵）

朝辞天脊九八盘[②]，一马平川齐鲁间。

密密珠帘萦沛雾，滔滔湟水卷波澜[③]。

田原吻雨情深满，蔓草惜香翠色鲜。

抹去残云凝霁野，夕霞挽予秀银滩。

注：①第五号台风"杜苏芮"影响日，驱车赴威海银滩。

②九八盘，指太行十八盘。

③湟水，即黄河。

律诗篇

伏雨

苍山灵泽倚斜飞，烟雾蒙蒙百鸟归。

翠柳涤尘倾凤竹，丹花沐浴羡蔷薇。

分茶听雨悠然醉，品茗怡心自得霏。

不觉三更星月睡，清凉伴我入罗帏。

蜗牛赋

雨歇南山日落西，田园五彩缀花畦。

山蜗走壁堤垣上，燕子情歌婉转啼。

不羡鹰飞鹂鸟唱，喜欢自己一身泥。

独来独往从心愿，负重前行醉梦迷。

管涔山冰洞

曲径幽深花影舞，玲珑剔透脉含情。

株株玉树英姿飒，朵朵雪莲琼蕊盈。

漫步流光冰榭邸，遐游溢彩凝寒城。

仙人近在芬芳处，欲揭珠帘又恐惊。

雁门关（新韵）

水墨丹青半壑烟，扶云问顶雁门关。

远观不见胡人影，近看牛羊漾满天。

鼓炮雄风今乃在，杨家气宇后生延。

关中关外深情望，塞上秋颜醉眼帘。

云丘山冰洞①

雪肌玉骨醉花仙，沉睡冰壶千万年。

仿佛轻云羞日月，悠然淡泊尽霜天。

风姿绰约朦胧美，仪态优柔婀娜眠。

梦里南柯终不醒，群山圣水泽芳妍。

注：①和同学、家人一旬之内两次参观万年冰洞，还是两个不同
地点的冰洞，一个在山西忻州，一个在山西临汾，不是有计
划的事，却是意外中的开心事。虽在山西的版图上看一南一
北距离很远，但却同属于一个山脉。管涔山冰洞在吕梁山脉
北端，云丘山冰洞在吕梁山脉南端。同是三百万年前形成的
冰洞群，南俊北俏，风韵略微有别，人间仙境，美轮美奂。

律诗篇

亲人

一杯浊酒聚家人，每次团圆更觉亲。

酒不醉人人自醉，言无成句句凝神。

笑观声调高三倍，感慨欢颜倾五巡。

莫问佳肴何味道，寒冬腊月也如春。

听菊（步曹雪芹《咏菊》韵）

明月高悬风冷侵，九华舒卷窃芳音。

簪缨丽影眉飞语，蕊女萦香婀娜吟。

一曲清凉驱夙怨，三弦淡泊可君心。

花开不并百花苑，金甲雍容美至今。

附原诗：

咏菊

无赖诗魔昏晓侵，绕篱欹石自沉吟。

毫端蕴秀临霜写，口齿噙香对月吟。

满纸自怜题素怨，片言谁解诉秋心。

一从陶令平章后，千古高风说到今。

诗菊（步曹雪芹《种菊》）

秋风阵阵郁香来，三径庭前陶菊栽。

昨夜千红颜已去，今晨寿客带霜开。

流觞曲水诗吟和，美韵丰盈浊酒杯。

莫负重阳花雅傲，芳华绽尽化尘埃。

附原诗：

种菊

携锄秋圃自移来，篱畔庭前故故栽。

昨夜不期经雨活，今朝犹喜带霜开。

冷吟秋色诗千首，醉酹寒香酒一杯。

泉溉泥封勤护惜，好知井径绝世埃。

律诗篇

露菊（步曹雪芹《供菊》）

晨曦神爽伴同傳，寂静清心渐入幽。

剔透晶莹天酒溢，花团锦簇玉霜秋。

耳盈凄美珠帘曲，魂牵故人圃苑游。

燕蝶来时灵泽动，金轮辉映媚凝留。

附原诗：

供菊

弹琴酌酒喜堪俦，几案婷婷点缀幽。

隔座相分三径露，抛书人对一枝秋。

霜清纸帐来新梦，圃冷斜阳忆旧游。

傲世也因同气味，春风桃李未淹留。

醉菊（步曹雪芹《菊梦》韵）

假日秋花一盏清，青山绿水两分明。
如仙齿颊甘醇品，似梦留香心会盟。
别去丝丝芬郁散，回头远远雁声鸣，
谁知遥夜长滋味，雾里云中红豆情。

附原诗：

菊梦

篱畔秋酣一觉清，和云伴月不分明。
登仙非慕庄生蝶，忆旧还寻陶令盟。
睡去依依随雁断，惊回故故恼蛩鸣。
醒时幽怨同谁诉，衰草寒烟无限情。

律诗篇

雨菊（步曹雪芹《残菊》韵）

沙沙一夜雨斜欹，陌上朱嬴浴正时。
玉骨冰清妍绝色，铅华洗尽翠离披。
豆芽花瓣仙仙俏，孔雀开屏曳曳迟。
大雁闻香回首望，谁人吻过不相思。

附原诗：

残菊

露凝霜重渐倾欹，宴赏才过小雪时。
蒂有余香金淡泊，枝无全叶翠离披。
半床落月蛩声病，万里寒云雁阵迟。
明岁秋风知再会，暂时分手莫相思。

谦菊（步曹雪芹《画菊》韵）

平生低调少轻狂，谦让宽容气自量。
万紫嫣红华彩去，孤芳叠翠韵凝霜。
素颜龄草庭台秀，淡抹秋风遍野香，
不与百花争宠爱，清心寡欲享悠阳。

附原诗：

画菊

诗余戏笔不知狂，岂是丹青费较量。
聚叶泼成千点墨，攒花染出几痕霜。
淡浓神会风前影，跳脱秋生腕底香。
莫认东篱闲采掇，粘屏聊以慰重阳。

律诗篇

哭女童（步王阳明《哭象棋》韵）

沙滩游玩乐悠悠，四岁元芯突走丢。

江水滔滔花有浪，时间秒秒跳无休。

警民百里搜寻救，父母千行眼泪流。

祈祷龙王来护佑，泱泱黄浦把心揪。

注：①10月4日下午6时许，四岁女童在黄浦江边沙滩玩耍，不幸
摔倒后卷入江中。

附原诗：

哭象棋

象棋在手乐悠悠，卒被严亲一旦丢。

兵卒堕河皆不救，将军溺水一起休。

马行千里随波去，士入山川逐浪流。

炮响一声天地震，象若心头为人揪。

雪鸿（新韵）

冷雨飞花一夜侵，洋洋洒洒舞缤纷。

枝头残叶愁眸映，岭上银杉韵绕林。

霜露雕诗心事满，朔风刻字逸情深。

孤灯伴影云眉动，雪案萤窗遍野春。

注：①2023年的第一场雪来得比往年早了一些，温度骤降。

律诗篇

思君①

去年花下与君别，今日鸿飞又一冬。

世事茫茫难预料，眉愁淡淡已从容。

椰林海浪勾魂魄，姐妹情深思聚浓。

感念芝兰常问候，依窗望月盼重逢。

注：①写给"雁南飞"（微信名），今春在海南提前作别，她去女儿家帮助带外孙了，今冬她早早去到海南，我却迟迟未去。

凤凰来①

冬日暖阳寒稍弱，人们户外沐华光。

不知黑鹳从何至，又见白鹅羽翅张。

万只精灵婀娜落，千年梦幻现湖塘。

有恩湿地梧桐树，鸿去鸿来仙气扬。

注：①12月上旬，天气升温，我市湿地公园惊现万只候鸟。据报
道有近30个品种，它们齐集湿地，出现了一幅从未有过的生
态画面，令长治人惊艳。

村不老①

云丘深处有情牵，穿洞拐弯村里边。

鹊卧枝头依旧叫，溪衔草绿照东涓。

铃铛不响牛何去？老丈无声亦入眠②。

物是人非休事事，蹉跎岁月逐流年。

注：①同乡相聚随笔，生在外地，老家印象中就是土窑洞，山秃
秃，路难走，一见大坡就发愁。记得小时候过年走亲戚姐弟
们谁都不想回去。最深刻的印象是老爷爷鹤发童颜，摸着小
山羊胡子远远送望，如今，房新、路新、村貌新，山水更美
了。只是老辈至亲已去，自己却成为村上的老人了，儿童相
见不相识。

②老丈，指老人。

网络^①（新韵）

科技提升时代巅，天南海北咫之间。

平台博览学知识，外地周游省带钱。

好友频频常问候，亲人日日报康安。

今生没想多精彩，网络风流不了缘。

注：①出生50年代的人，赶上了现代科技带来的便利，很庆幸！

解语

烦时亲泡一壶茶，往事蹉跎岁月遐。

细品人间多苦涩，闲吟世俗有奇葩。

随将不悦心中煮，留得欢颜莫叹咤。

慢慢回甘方解语，神清气爽拥丹霞。

茗香（新韵）

云华飘逸慢舒卷，清友撩帘羞涩添。

半日知音故交至，一壶好水泡毛尖。

几枝玉爪悠悠立，数叶仙芽隐隐山^①。

聊地聊天聊不悦，春风满盏坐中间。

注：①玉爪、仙芽、毛尖，都是指茶。

律诗篇

雪（新韵）

雪压冬云瑞叶纷，飘飘洒洒到黄昏①。

窗前静看蝶飞舞，檐下偷听粟落音②。

柳絮含烟天信使，梨花带雨水精魂。

遥知万物皆灵性，不入深寒怎孕春！

注：①昨日数九第一天，大雪漫天，老人、年轻人摔跤的太多了。

②粟：指银粟、雪。

享春（新韵）

（步小庆老师《享春》韵）

料峭春风染碧泉，清香缭绕满山间。

倚丘静悟芳菲语，傍水凝听涧草欢。

柳絮扶摇红袖曳，飞鸿带露霁云穿。

烟花三月人陶醉，对酒舒怀感谢天。

126

附原诗：

享春

小庆

笑看红英抛媚眼，意临幽谷玉泉间。

犹怜小草初涂绿，更喜清溪又唱欢。

到岸白云舒袖起，邀春李杏舞蝶穿。

将身隐在梅山里，独伴壶浆醉向天。

律诗篇

词篇

小令

卜算子·朝霞燃天边

朝霞燃天边，日出芙蓉笑。波影粼粼漫海红，丹映船舟娆①。

八仙赴瀛壶，过海心浮躁。俯瞰人间赶海乐，不住回头眺。

注：①威海银滩海上日出的美，赶海人身穿五颜六色的服装，手拿耙子、袋子，兴奋地挖啊，找啊，小孩兴致勃勃地追逐嬉戏。

卜算子·又到日西斜

又到日西斜，急把行头换。心浸蓝天碧水间，驱热清凉漩①。

追来宛鱼蛙，逐去如鸥雁。岁月如歌随波吟，浪起芙蓉绽。

注：①冬天的海南温暖如春，露天游泳成为纳凉和喜欢的运动，氧气充足，水质湛蓝。

词篇

卜算子·吻风柳枝柔

吻风柳枝柔，破雪芦芽绿①。万物回苏齐动员，归雁云端逐。

小女倚阁楼，觅蝶花间扑。翠袖蹁跹千古情，醉了南山竹。

注：①芦芽，指芦笋新长出的芽。

卜算子·昨日雪花飞

昨日雪花飞，疑是佳人醉。拂袖仙仙四野翻，偷看梅花媚。

翠雪恋寒梅，红豆凝香泪。万丈情怀万缕情，万古萦芳菲。

卜算子·和毕老《咏无名花》词（新韵）

　　芍药绕山欢，和草同相伴。不与荷莲比容颜，自在芬芳灿。

　　彩蝶舞翩跹，啼鸟声悠婉。独倚春光思远方，月下娇容艳。

附原词：

咏无名花

毕云峰

　　奴本生柴门，安然居陋巷。野径风光趣味多，无视高大上。

　　昂首对骄阳，雨淋精神旺。从来无名便盛名，天赐吉祥相。

词篇

卜算子·自嘲

见多识油盐，学浅疏行墨。绣腿花拳独往来，硬玩平平仄。

韵起北陌头，惊到南山客。淘尽佳词没几个，寂寞心中刻。

长相思·山泱泱

山泱泱，水泱泱。垠瀚苍穹大海茫，神情九重飏。

絮千浪，雪千浪。瞰觅魂牵萦梦乡，白云深处藏①。

注：①乘飞机的途中，俯瞰辨不清天地的蓝天白云，特别是飞机
离地面不足千米时，又特别是外出回家的时候，体会李白
"厄磴层层上太华，白云深处有人家"，臆想有一盏灯为自
己留着的感觉。

长相思·晚霞

云中芽，雾中芽，云雾仙仙细点茶。清心看日斜。

昨年花，今年花，花似人非聚天涯。胜日牵晚霞。

注：时隔31年的同事、搭档相聚，弹指一挥间，好像是昨天。小伙已成老翁，大姐也成老太了。珍惜当下，开心眼前吧。

采桑子·黄河千里

黄河千里盘云下，河曲弯弯。河曲弯弯。越岭环山、飞泻向前湍。

黄河岸上亲圪蛋[①]，凤袄柔颜[②]。凤袄柔颜。男仔垂涎、赶马忘扬鞭。

注：①亲圪蛋，方言，指亲人和自己喜欢的人。
②凤袄，指婆娘们穿的大红绿花袄。

词篇

采桑子·篱中菊

篱中多色寒花蕊，香气萦盈。香气萦盈。缕缕丝丝，舒卷绝风情。

萧萧几叶风兼雨，悄落无声。悄落无声。愁绪昏明一叶一愁缨。

点绛唇·细雨蒙蒙

细雨濛濛，轻烟袅袅丝千缕。凭窗几许。闭目心听雨。

水墨丹青。婉约芳音舞。花不语。雨中独处。淡静听心雨。

注：①喜欢蒙蒙细雨微湿脸颊的感觉。自己也不明白是一种意境，还是一种心境，更喜欢倚窗静静看雨、听雨的一份享受。

点绛唇·秋水伊人

秋水伊人，晓风明月人人爱。凡间不睬。心往云天外。

瑶海情深，翠柳痴痴摆。慕意洒。意凭无奈。风把裙边裁。

画堂春·椰风微雨

椰风微雨浥云窗，宝金花满庭芳①。漫山桑野果流香，一碧春芒。

董永七仙频降②，天涯海誓双双。已经寒九薄纱裳，好不荒唐③。

注：①宝金花，指南方的"三角梅"。

②董永、七仙，指七仙女下凡故事里，私配终身的男女主人。

③今日冬至，北方应该是白雪皑皑了，海南却是一个春暖花香的世界，迎来了全国各地的眷侣们在此打卡、排队拍婚纱照。

词
篇

137

画堂春·往事如烟

凄风冷雨蝶花残，斑斓瑶树枝繁[①]。万千花叶似书笺，撒满窗轩。

片片相思何寄，心随风动漪涟。花飞烟灭赋霜寒，泪目无言。

注：①瑶树：指传说中的一种白色的树，也是对树的美好称呼。

浣溪沙·红袖书痴

款款轻风浥世尘。绵绵薄雨歇黄昏。温书最是好时辰。

窗外清新油墨画，案前翠袖伴红唇。掩腮一笑俏眉颦。

浣溪沙·心君倚翠

日暮梢红树透纱，丹云绚彩沐柔花。心君倚翠醉琵琶。

一曲高山流水起，三溪涌浪叹天涯。欢颜拥鬓品霓霞。

减字木兰花·精灵争春

春风送暖，万紫千红香满苑。疏韵娇柔。沐浴春风仙气幽。

精灵嘈语，我与春风琴瑟侣。草长莺飞，有我欢歌有我诗。

减字木兰花·品味沧桑

人生辛苦，岁月蹉跎何几许。品味沧桑，灯火三更韵满窗。

时光不老，心有桃源风景好。感悟年华，朝读晨曦晚挽霞。

词篇

139

减字木兰花·雪里留香

沙沙银粟，雪里留香传不俗。怡悦心琴，梦境疏怀忆昔今。

冰清玉洁，天上仙音心上蝶。留住行云，满苑幽香酒半醺。

临江仙·鸿运天涯石

鸿运天涯礁石，尊迎眷侣情昭。心心相印意滔滔。故回眸一笑，坡鹿柳眉撩①。

发小礁前欢聚，相嘲颜貌苍寥。风华残剩絮叨叨。人人都盟誓，努力翠不凋。

注：① "坡鹿"是梅花鹿的一种，三亚简称"鹿城"。传说是一位黎族小伙追赶一只小坡鹿到三亚湾的珊瑚礁上，小鹿无路可走时，回头一笑变成了美丽的姑娘，从此，两人喜结良缘。

临江仙·东风不解忧思

雨墨风描秋色，斑斓绚丽飘悠。林花潇
洒不知愁，任东风曳落，大地着衣裳。

顾念娇颜悦色，东风不解思忧。一声鸿
叫一声秋，情牵憔悴尽，半岭竹含羞。

浪淘沙·庭堂观鸥嬉①

堂舍观鸥嬉，海泛涟漪。斜身舀水洗梳眉，
晓镜花钗云鬓冠，顾影妆仪。

小鸟正心怡，啼闹叽叽。轻轻赤脚步盈移，
别把精灵魂魄吓，速速飞离。

注：①海南度假。客厅通往阳台的门敞着，两只海鸥经常悄悄潜
入客厅，落到茶几上走来踱去，一家人都不敢动，怕惊动了
可爱的精灵，太惬意了。值此也在反思，是人类打扰了它们
的生活，侵占了它们赖以生存的地方，一种负罪感油然而
生……

词
篇

浪淘沙·常记月朦胧

常记月朦胧。春醉西东。堤前柳叶曳熏风。
梦里不知芳已去，还扮妆浓。

兴尽晚霞中。美似仙翁。人生难得是心空。
鸿起云烟方感叹，山水相融。

南歌子·似火斑芝冉

似火斑芝冉，枝繁簇簇花。飘红十里望
无涯②。各自伸肢展臂、绣丹纱。

树下游人走，胭脂个个搽。桃腮粉面映
欹斜。好似人人吃酒、醉西霞。

注：①斑芝，即木棉花。

②目睹和享受木棉花盛开的时节，路旁的，院落的，野外的
木棉花。裸枝裸花，没有树叶，红色的、橙黄的色彩缤纷，
红色最多，好美。

南歌子·没有妖娆貌

没有妖娆貌，还无挺拔身。悬崖峭壁里
撑伸①。不晓阳光辰月，盼新春。

见缝根茎走，生根破壁新。开枝散叶绿
成茵。蒂固根深咬定，刃吾魂。

注：①对松柏等大树的"根"，早些年就情有独钟。2019年柬埔
寨旅游到了"吴哥窟"，被根的千姿百态、不懈生机、博大
力量震撼到了，若非亲眼见简直就是传说，又勾起了对根的
心结。

南歌子·海醒朝曦冉

海醒朝曦冉①，金轮落水红。心意两朦胧，
每晨来约会，两相融。

注：①朋友经常早晨发海上日出的图片，准确抓拍到太阳与海平
面交汇瞬间时红彤彤的画面。

词

篇

南歌子·艳压群芳季

艳压群芳季，嫣然鬓上霜。千里雪纷飏，
女华依寿客①，尽沧桑。

注：①女华、寿客，均指菊花。

菩萨蛮·望樱花一叹①

人生跌宕时倥偬，江南三载犹如梦。远
远赏君欹，一生憾到今。

望樱花一叹。围着儿孙转，已老态嶙峋，
沧桑岁月吞。

注：①本诗为朋友而写。

菩萨蛮·晚秋春意盎

幽香袅袅黄华放^①，斓丝绾发钗妍飏。风韵溢闺楼，有诗云绣球^②。

晚秋春意盎，花语盈盈淌。浅吻一清流，惬然香解愁。

注：①黄华，即菊花。

②绣球，即绣球花，菊花的一种。

菩萨蛮·一香萦晚秋

金风有意黄华绽，残荷落魄依稀散。霜露浥红楼，一香萦晚秋。

蕊随花缱绻，总把重阳挽。生性傲寒皑，春风揽入怀。

词篇

菩萨蛮·清香绕满天

赤橙粉白东篱萃，丝丝缕缕柔黄魅。北岭又南山，清香绕满天。

垂涎黄蕊媚，岁岁秋颜醉。今日又重阳，依风抚鬓霜。

清平乐·倚窗望远

倚窗望远，瑞叶仙仙旋。煮酒驱寒心微暖，邀雪推杯换盏。

独酌愁绪平添，人生幽梦一帘。旧憾新愁共煮，皆是苦辣酸甜。

清平乐·《长恨歌》歌长恨

清风皓月，执简徐翻页。心赏华清池香郁，
泪洒嵬坡寒雪①。

催忆千古名篇，往昔过眼云烟。长恨歌
歌长恨，此歌拨痛心弦。

注：①嵬坡，即马嵬坡，安史之乱后，唐玄宗逃难时发生兵变，
杨贵妃被赐死的地方。

如梦令·昨日皑皑雪晓

昨日皑皑雪晓，且料峭春寒扰。仙岭"华
清池"①，依旧氤氲升袅。美貌，美貌，诸贵
妃云裳少。

注：①好友相约七仙岭泡温泉。

词
篇

147

如梦令·春拂角楼①

　　春拂角楼芸水②，小女倚栏不寐。阁隐一千金，众卉含羞惨悴。婉美，婉美，闭月羞花之媚。

注：①入住苗族木阁楼随笔。

　　②角楼，即木头搭建的两层楼房，四周檐角翘起。.

如梦令·梅醉雪怀

　　雪为红梅曳舞。娇妩。约会酷寒天，欲把心思倾吐。诗赋，诗赋，莫把此情辜负。

阮郎归·春水美朱颜

　　东风七日嫩芽蜿，春来莺鸟欢。山花草木吐兰烟，箫声醉梦天。

　　青万缕，翠千山，有人整翠鬟。春云春水美朱颜，黄昏独倚阑。

阮郎归·春光涤荡

春光涤荡暖生烟，春光春日娴。闺中寂寞借琴眠，笙歌醉梦间。

春料峭，雁迟还，红颜出玉轩。赏花吻草满山旋，黄昏难敌寒。

阮郎归·盛夏（步苏轼《初夏》韵）

堤前碧漾柳衔蝉，啼吟宛七弦①。千红婀娜郁生烟，芬芳不入眠。

蜻蜓舞，小鱼翻。精灵嬉亦然，柔柔月色涌清泉，冰轮湖底圆。

注：①七弦，即七弦琴。

词篇

149

附原词：

阮郎归·初夏

苏轼

绿槐高柳咽新蝉，熏风初入弦。碧纱窗下水沉烟，棋声惊昼眠。

微雨过，小荷翻，榴花开欲燃。玉盆纤手弄清泉，琼珠碎却圆。

十六字令（秋三首）

一

秋，一叶斑黄翠里幽。苍穹秀，孤灿几分羞。

二

秋，一片红枫盖阜丘。苍穹染，妩媚韵风流。

三

秋，一树银花冠九州。苍穹醉，万类竞翔游。

调笑令·花炮、花炮

花炮，花炮，绽放眉欢颜笑。五湖霓裳
晖光，四海纷呈瑞祥。祥瑞！祥瑞！点亮年
年岁岁。

调笑令·一夜秋颜翠瘦

云袖，云袖。一夜秋颜翠瘦。林花谢了
春红，香逝飘零疾风。风疾，风疾。泛起愁
云戚戚。

西江月·爆竹声声

爆竹声声辞旧，桃符灿灿迎新①。满城灯
秀舞星辰，水幕流诗赋韵。

恍是天宫仙境，了然俗世凡尘。推杯换
盏酒三旬，酌罢又添霜鬓。

词
篇

注：①桃符，指古代挂在大门上的两块画着符或写着门神名字的
　　桃木板，现在即对联。

151

西江月·浪花啊可记我

蓝色绸绫雍雅，烟波浩渺连天。潮升潮落万千年，历尽沧桑寄远。

千古仁君乐水，酣觞大海平宽。浪花啊可记吾颜，你我曾经相伴。

西江月·晓镜昏花

晓镜昏花颜老，轻吟过眼烟云。嶙峋年纪抖精神，词海徜徉自信。

烈酒也能浅醉，新茶品出甘醇。行间字里故如亲，平淡人生凑韵。

西江月·依希老《西江月·酒》韵

学做诗仙浪漫，挥毫锦绣诗篇。白衣举盏立云端，驰骋才情寄远。

曾也仰天长叹，也曾箫动心弦。醉饮江海尽言欢，浊酒一杯笑侃。

附原词：

西江月·酒

希言

今世别无他念，持觞视作红颜。举杯几度唤伊还，自觉心舒意满。

亦有愁情郁郁，亦曾珠泪涟涟。身姿踉跄步蹁跹，恍若嫦娥相伴。

词篇

小重山·端午（步舒頔《端午》）

麦浪扶摇天际黄。芬芳衔艾草，韵流觞。粽香浮动碧波扬，山河啸，又忆汨罗江^①。

浩气万年长，清流千古淌，永留芳。离骚天问索求茫^③，忠魂泣，亮节载沧桑。

注：①汨罗江，屈原投江自尽的地方。

②屈公"路漫漫其修远兮，吾将上下而求索"。忧国忧民的坦然胸怀，让后人敬重。我的父亲是一个很普通的人，去世于20世纪。父亲学识、事业、家庭都是我们后辈的骄傲。每年端午，悲心同祭。

③离骚，屈原创作的诗篇。

附原词：

小重山·端午

舒頔

碧艾香蒲处处忙。谁家儿共女，庆端阳。细缠五色臂丝长。空惆怅，谁复吊沅湘。

往事莫论量。千年忠义气，日星光。离骚读罢总堪伤。无人解，树转午阴凉。

小重山·春日花红

春日花红小草青。南山燕子秀、月儿明。
东风吹遍小山城。春萦翠、窗外吉他声。

惬意又温馨。金钗头上戴、发梳轻。罗
裙飘逸体丰盈。思心切、情爱伴尘生。

相见欢·红裙慢展

红裙慢展妍芳,秀容妆。款款春风吹过、
吐嫣香。

竹君雅,气潇洒。把杯觞。一醉春宵蝶梦、
翼双双。

词
篇

相见欢·水芝华丽^①

水芝华丽雍融，影匆匆。鸥侣追来逐往，
不由衷。

苍海水，佳人泪，几时逢。自是涛声依旧，
望星空。

注：①水芝，即荷花。

喜迁莺·麻麻菜^①

麻麻菜，立春裁，拱土见天来。黄花风
动艳芳开，乖女冠嫣腮。

立春裁，麻麻菜，一夜满坡翠盖。妈妈
巧手过凉拌，淘儿抢尝鲜。

注：①麻麻菜，是北方的一种野菜，绿叶是芽状的，趴在地上，
细细的小根。开春早早就泛绿了。记得小时候把它拔起来，
把小白根上的土用指甲撸几下，白白的根放嘴里嚼，辣辣
的，可以凉拌，也可以腌酸菜吃。还是有点想家，想老妈了。

喜迁莺·曾记否小乔你？

时荏苒，岁匆匆。促膝话重逢。燕都作
别沐金风，今见已三冬。

柳叶眉，长辫子。曾记否小乔你？娇妍
淡去韵依依，静好总相随。

注：①2023年国庆佳节，和十年未见的、童年闺蜜和漂亮班花
相聚。
②小乔，即东汉末年的国色美女。

虞美人·红颜商海①

红颜商海云心浪，翠袖随风漾。天生丽
质色倾城，盈智慧和慨慷。胜先生！

开心一刻沧洋望，晓镜无惆怅。落鱼沉
雁又羞花，却是天资悠长。美人佳！

注：①写给三位很成功的气质女，分享她们忙里偷闲海上休息的
快乐。

词
篇

157

虞美人·人间也有天宫信

步黄庭坚《天涯也有江南信》

人间也有天宫信，海角音屏近。花颜娇
艳恐香迟，破雾穿云秒送，翠微枝。

贵妃好荔今应妒，香韵丝弦住。马蹄飞
驿用情深，只为回眸一笑，博欢心。

注：①网络信息时代,我们享受到了信息秒达、隔空视频,地球
没有了距离，网上购物快捷方便。

附原词：

虞美人·天涯也有江南信

黄庭坚

天涯也有江南信，梅破知春近。夜阑风
细得香迟，不道晓来开遍，向南枝。

玉台弄粉花应妒，飘到眉心住。平生个
里愿杯深，去国十年老尽，少年心。

眼儿媚·相约韶华

相约韶华一春红，妩媚韵隆丰。翠风拂过，
草倾柳慕，腮满羞红。

花中魁丽萦春梦，只恨艳匆匆。春来又去，
凝香泥土，芳迹苍穹。

眼儿媚·春日春风

春日春风百花扶，最是玉妃舒。回眸一笑，
千娇百媚，醉了西湖。

千红摇曳随风舞，气韵吐清殊。红消香散，
孤芳疏影，春梦如初。

注：①2023年3月7日惊蛰日，女儿出差到杭州，发回一段赏梅视频。

词篇

159

醉花阴·相信缘分

世间缘分天注定。相遇三生幸。最对是
依心，玉露金风，山水相辉映。

且然暖暖风怀碰。一道天边行。执手不
分离，地老天荒，岁月聊幽静。

鹧鸪天·昨夜东风

昨夜东风已入关，云杉即兴舞翩跹。日
行千里不停歇，大地萦苏不日间。

草泛绿，柳悠闲，迎春花绽漫涯鲜，江
南桃李芬芳艳，织女牛郎喜绣田。

鹧鸪天·春乍起时

春乍起时雨水丰，萌春烟柳戏东风。问风何故柔青柳，风柳相依热恋中。

草碧绿，雨晴虹，风摇细雨柳絮轻。亲人祭祀心悲切，风柳交融兴正浓。

鹧鸪天·十里亭台

十里亭台倚翠微，百花深处藏玫瑰。钟情零落清秋里，串串菩提赛贵妃。

菩提子，紫玫瑰，柔荑择洗入坛扉①。轻沾美酒尝朝露，最似糊涂醉不归。

注：①每年八月份自己在家做红葡萄酒，自酿自饮，很享受整个过程。

词篇

161

中调

钗头凤·张家哥①

张家哥，侯家妹，相携相伴星稀岁②。流过泪，心撕碎，昨日金婚，上天佳配。美！美！美！

虽年纪，心不已，玉毫之下乾坤翠。情无悔，爱吾最，谈笑人生，与之千岁。媚！媚！媚！

注：①好友发来了结婚50年纪念的照片，好美慕，特送金婚贺词。庚子仲春六月，写在张、侯老两口金婚日。

②星稀岁，指70多岁，古人云：人活七十古来稀。

词篇

163

钗头凤·寒衣节①

寒衣节，心头郁，太虚爹妈安详日②。天地壁，阴阳隔，一晃多年，苦眠心涊。泣！泣！泣！

人生卒，常思物，子孙楷典双双屹。香娆熠，菊香溢，祈祷亲人，乐堂安逸。揖！揖！揖！

注：①农历十月初一，是北方给已故亲人送寒衣的节日，昨天回老家给父母扫墓了。

②太虚，指天空、宇宙，空寂玄奥之境。

定风波·旧雨重逢①

旧雨重逢叙别怀，直奔苏轼雪堂来②。发
小同窗双双聚，如故！谈天说地浪形骸。

昔日童颜今已老，言笑！发挥余热转锅
台。酒过三巡真话吐，常聚！青梅竹马小儿孩。

注：①年近七旬的九位老同学，又是老邻居相聚，不亦乐乎！
酒馆设计是宋代风格，以宋词文化命名的雅间有："定风
波""浣溪沙""江城子""遗爱亭""望月亭"等，特色
菜有东坡肉等。
②"苏轼雪堂"是个酒店招牌，正名"东坡居士"。

定风波·杏林采摘

夜雨熙熙山寂空，杏林云俏秀山冲。果
露笑容枝叶醉，真美！碧帘影动照颜中。

青绿果儿酸涩脆，撩妹！一坡黄杏脸樱
红①。李下瓜田抛脑外，回味！欢歌一岭漾西
东。

注：①夏至时节，杏子黄了，老同学两家一起上山采摘，其中一
对是梅开二度，新婚宴尔。

词篇

定风波·冷雨凝帘①

冷雨凝帘锁竹斋，残阳斜映落亭台。翠
叶随风寻梦去，无语，苍松卧雪任霜裁。

人在旅途何几许，无绪，依然执着洒情怀。
感月吟风多少慨，无奈，犹怜暮色了然来。

注：①年末将至，又降了一场大雪，借此诗抒发自己已近黄昏
　　的伤感。

蝶恋花·三九香风

三九香风萦海畔，金灿无垠，稻黍流香远。
风摆谷泱如锦缎，家家户户丰收盼。

白鹭组团来觅膳，一阵敲盆，一阵锣声乱。
次次惊轰喧闹散，乌泱一片悬空转①。

注：①无冬的海南，只觉稻子刚收割不久，又要收割了。这些天
　　白鹭是常客，乌泱乌泱一大片，为了保护生态，渔民只是不
　　停地敲打盆、锣吓唬它们。

蝶恋花·油菜花

三月芸苔泱似海。极目天边,风曳香澎湃。惹得仙姿蜂蝶睐，频频深吻花中菜。

前世刘郎今又在①。故地重游，只为寻心爱。燕笑莺嘲情不改，才媛黄蝶当之采②。

注：①刘郎，借指情郎。

②才媛，指有文才的女子。

破阵子·海上繁星闪闪

海上繁星闪闪，人间月影圆圆。见证红尘多少爱，天下姻缘一线牵。此情须问天。

柴米油盐酱醋，嬉嬉闹闹嚣喧。莫道人生昏老日，才悔当初互不宽。悔之没得闲。

词

篇

甘州遍·金风送爽

金风爽,南北遍神州。鹊枝头。云飞雾散,
秋香簇簇,虹桥万里月宫游。

丝竹起,荡心舟。推杯换盏遥聚,桂醅
可曾留。诉心语。酒过醉颜羞。倚亭楼。托
弦寄韵,曲律解心愁。

甘州遍·烟花三月

春光好,仙女驾车游①。竞风流。轩车落
幔,穿云破雾,烟花三月下扬州。

油菜泱,满坡头。花丛扑蝶嬉戏,天籁
曲悠悠。古筝弹、唱晚是渔舟。韵深幽。唐
年宋日,当下乐无忧。

注:①四个女同事合租了一辆房车,扬州踏青看油菜花。发来一
组照片,三五知己,同吃,同住,一同赏花扑蝶,不错的
创意。

酷相思·柳影参差

柳影参差桃李浅。正庭外、篱笆苑。
草花簇、几枝还缱绻。欲立也、心无牵。欲
躺也、无心牵。

灿烂春光花媚嫣。燕鹊至、花儿伴。看
来去、人生多少难。春到也、花无晚。情到也、
犹思晚。

酷相思·纸上离情

欲理诗文心上乱。北三简、西三段。一
堆纸、还缠绵不断。去掉也、真遗憾。不去也、
还遗憾。

纸上离情心上软。问自己、一声叹。问
清客、冬寒梅更灿。春到也、风和婉。香到也、
千红婉。

词
篇

鹤冲天·飘零不是风儿错

寒酥压影，月冷严凝泊。满地草枝折，秋丹落。奈摧枯拉朽，任风卷、随风跑。何处能停脚。铺天盖地，飘荡荡迷城廓。

飘零不是风儿错。春来冬又去，云枝托。若把情缘念，香泥做、蔫踌躇。万类无寂寞。惊鸿翩若，待春染众丘壑。

鹤冲天·秋风楚雨

秋风楚雨，月冷霜华落。悄悄拭帘泪，云天寞。槛窗凭远邈，云中鹤、檐楣雀。风雨吟单薄。不思昨日，唯想此时小酌。

秋风冷雨陪秋弱。何处苍寥廓，无霜落？假使重相见，还得是、秋风错。不会多踌躇。秋伤秋惑，解语岁月中索。

江城子·随波逐流

随波逐浪到琼涯①，正时佳，日西斜。碧海蓝天，方觉好幽遐。只为怡心乘兴至，傻傻地，走天涯。

眺天空万道云霞，揽江花，戴琼纱。透过椰林，读海品家茶。安得一隅香格里，憨憨地，踏浪沙。

注：①喜欢安静的我，梦中的也是真实的琼涯候鸟生活。

江城子·人生雾中①

职场拼打荡心潮，乐辛劳，逸情豪。今日闲云，回味也萧萧。日月星空依旧耀，山娆娆，水迢迢。

人生最是雾中飘，翠渐消，玉颜凋。往事如风，吃酒品佳肴。俗世红尘几次笑，时当下，乐逍遥。

注：①在海边拍了好多快乐的照片，纪念结婚40周年，携手宝石婚向金婚出发。

词篇

171

江城子·五月菡萏①

清晨湿地赏莲青，鹊莺惊。百花醒。露
浥传香，翠色一湖泓。稀数红莲先出阁，孤
傲仁，沐风鸣。

云舒云卷水中生，小荷萌，碗莲冰。仙
落凡尘，俗世俏精灵。淡看人间情与爱，菩
萨量，玉人婷。

注：①四位老太太，在湿地公园，游园赏花欢度六一儿童节，还
录了一个舞蹈。一塘荷花千姿百态好美，特别是碗莲，大的
像扇子，小的像碗盘，小荷亭立叶上。

江城子·可说话还有谁

和苏轼词《十年生死两茫茫》

招亲打擂本稀奇。唤鱼池^①，得蛾眉。一朵芙蓉、妩媚俏盈枝。才子佳人双目对，郎有意，正花期。

屏风后面绣巾衣。竹帘垂。伴君思。心有灵犀、可说话还谁？短暂姻缘心念苦，天堂上，把卿陪。

注：① "唤鱼池"，指眉山中岩下寺赤壁崖下的一泓水。打擂招亲，唤鱼联姻，苏轼与王弗擂台定终身的地方。王弗是大家闺秀，是苏轼的结发之妻，也是三任妻子中唯一能对他事业有助的妻子。

词篇

附原词：

江城子·十年生死两茫茫

苏轼

十年生死两茫茫，不思量，自难忘。千里孤坟，天处话凄凉。纵使相逢应不识，尘满面，鬓如霜。

夜来幽梦忽还乡，小轩窗，正梳妆。相顾无言，惟有泪千行。料得年年肠断处，明月夜，短松冈。

青玉案·胡杨寄语

北风万里多寒雨。尾秋尽，心焦虑。鸿鸟南飞今又去。嗷嗷惜别，满腔离绪。振翅朝天路。

胡琴一曲衷肠诉，神树胡杨寄心语。纵有千辛和万苦。雄关漫道，初心不负，梦在瑶台处。

青玉案·北风卷地

北风卷地山城冷。雪来急，风来猛。一夜寒酥铺万顷。那堪正是，心凉欲哽，咫尺天高迥。

帏帘浑不遮愁境，欲睡昏昏不思醒。万缕心思如梦影。翻来覆去，西窗烛映，拂晓方安静。

新荷叶·待我清闲

待我清闲，山中种亩田园。一垅花生，一畦青菜苤蓝。尝风酌月，观云端、听雨催眠。不思烦恼，不思今夕何年。

雨读晴耕，吟诗作赋花间。岁月蹉跎，银丝长到天边。如鸿独落，茅草屋、萤火阑珊。绮罗散尽，凡尘当个神仙。

词篇

行香子·秋日阑珊（正韵）

秋日阑珊，暑气依然，纳凉人云海堤边。
潮升潮落，接地连天。又笙歌起，闻天籁，
手儿牵。

罗杉翠袖，随风律动，任霓裳羽衣翩跹。
日斜霞落，暮霭流烟。似画中影，影中梦，
梦中澜。

注：虽已入秋，末伏依然炎热难挡，海边人头攒动，歌舞升平，
好不惬意！

行香子·鹊驾飞虹（步李清照《草际鸣蛩》）

鹊驾飞虹，星弹丝桐。曲幽悠、韵别情浓。风迎月照，云浪千重。织女牛郎，银河界，俩相逢。

盈盈一水，情缘瘦薄。叹人间、长恨无穷。生生枉费，何奈其中。且思如故，泪如雨，影如风。

附原词：

行香子·草际鸣蛩

李清照

草际鸣蛩，惊落梧桐，正人间、天上愁浓。云阶月地，关锁千重。纵浮槎来，浮槎去，不相逢。

星桥鹊驾，经年才见，想离情、别恨难穷。牵手织女，莫是离中。甚霎儿晴，霎儿雨，霎儿风。

词篇

行香子·何故凭栏

何故凭栏，今岁归闲。叹浮生历尽艰难。
半生风雨，半路微寒。恍然将老，断肠处，
泪潸然。

人生无悔，盈茶细品，任甘瓜苦蒂相连。
余生尽乐，酒系腰间。与醉同行，卧峰顶，
与山眠。

一剪梅·又是芦芽萌

又是芦芽柔俏萌。小花怀春，小草娉婷。
枝枝蔓蔓小腰伸，俏展身姿，不怠萦青。

夜渐昏深阙月明。红颜疏影，温婉盈轻。
青山翠竹曳清歌，闭目闻听，不远莺声。

一剪梅·亭台望柳

中伏黄昏日入霄。柳影疏枝，叶似眉梢。
亭台望柳荡熏风，窈窕潇然，丝柳蛮腰。

夜渐清凉暑渐消。一杯凉茶，爽似仙飘。
天南海北地球村，阙上人间，畅叙闲聊。

渔家傲·浊酒一杯

浊酒一杯云梦里。半生风雨半生累。岁
月蹉跎多不易。风景丽。心间美好湍如水。

问我今生悲与喜。浮生已忘愁滋味。若
是重能来一次。情怀寄。梦中奔跑不思退。

词
篇

渔家傲·玉树临风

玉树临风修浪漫。银装素裹梨花绽。阙上瑶池花尽散。悬画卷。玉宫正殿云那畔。

雪映红梅添翠嫣。风吹雾凇沙沙喘。天上人间难分辨。美轮奂。登高看景心思远。

祝英台近·蝶儿飞花儿绽

蝶儿飞，花儿绽。千古传恩怨。同学三年，形影总相伴。撮土义结金兰，迷迷瞪瞪，楼台别、魂飞魄散。

恨长叹。十里送久徘徊，英台眼泪潸。历尽磨难，相爱情深满。化蝶比翼双飞，天长地久，不分开、万年相恋。

祝英台近·万花嫣千红灿

万花嫣，千红灿。三九寒天暖。海水盈盈，小浪逐花玩。可堪四季不分，春天常在，椰廊梦、春心浪漫。

望洋叹。人可否倚春行，抱春不偷懒。心恋风华，与正茂相伴。问大海问苍天，闲云一片，奈何我、渔舟唱晚。

词篇

长调

暗香·不喜争春

朝尝兰露，夕餐霜蕊瓣[①]，几多思绪。不喜争春，华染霜天傲尘雾。香绕千山万水，片片绽、丝丝悬悟。垂心赏、遍野黄华，悠享蝶飞舞。

倾语。菊诠叙。淡泊情远怀，咏叹初许。感恩冷雨，高雅修成不旁骛。静在沧桑胜处，春又是、无言孤苦。故脱俗、心洁也，品行雪煮。

注：① "朝尝兰露。夕餐霜蕊瓣"，源自屈原《离骚》中"朝饮木兰之坠露兮，夕餐秋菊之落英"。意思是早晨我饮木兰花上的露滴，晚上我用菊花残瓣充饥。屈原借木兰、秋菊比喻君子的高洁品行，表达了不愿意同流合污的志向。

疏影·秋风漫舞（正韵）

秋风漫舞。令墨人享醉，心怡佳句。月挂梧桐，深夜无眠，休将秋夜虚度。春来春会匆匆去，光阴贵，金秋何处。惜天时，移步轩廊，诗万句，情千缕。

吟我心湖淡泊。撷三两苦菊，三两思绪。月露三钱，晨露三钱，加入秋风三五。壶中翻滚天香聚。杯中味，独斟何许。月影动，青玉①萦香，且喜得，秋风语。

注：①青玉指梧桐树。

八声甘州·神秘女儿国①

为好奇神秘到滇边，女儿国遐游。慕摩
梭氏族，人间仙境，母系源头。帆起泸沽湖畔，
摇橹荡心舟。兴致随湖漾，探看无休。

约会星光月影，走婚开枝叶，娃养闺楼。
故妈妈生崽，舅管爹无愁。爱情乎、三从四德，
相夫乎、一切不需忧。迷情惑、了然"娜姆"②，
辗转回眸。

注：①云南已去过两次，大理、丽江、西双版纳等主要景点已经
玩过了，这次目标是泸沽湖，撩开女儿国神秘的面纱。
②"娜姆"即杨二车娜姆，是从泸沽湖走出并走向世界的一
位摩梭女。

词

篇

汉宫春·篱外花

　　淡淡清香，纵田园萦绕，荡荡悠悠。招来蜂飞蝶舞，折羽盈留。花儿腼着，露莹滑、把魄魂勾。日复日、东方破晓，烟波一缕云游。

　　山外青山奇美，陌上花素静，遍野清幽。遥眸簇簇小景，顾念难收。花花有梦，草有心、韵染方州。风飒爽、阳光灿烂，仙仙开不思愁。

满江红·东坡笑

读林语堂先生的《苏东坡传》有感

千载年前，蛮荒地，蒿娆人少。耳顺季，子瞻蒙难，权臣滋闹。调侃瞻儋形与韵，连遭设计频胡搅。三度贬，一代大文豪，琼崖岛。

桄榔观，登科道，书韵朗，琴弦妙①。福泽蛮夷地，书荒横扫。唐佐登科头一个②，举人进士连年考。今琼涯，一去旧容颜，东坡笑！

注：①桄榔观、载酒堂，芭草屋，都是大文豪苏轼在儋州时会友、读书、教学的地方。

②唐佐，即姜唐佐，是宋朝时期的一位文学家，出生于海南琼山，从学于当时从朝中被贬到儋州的苏东坡。当时的海南很落后，在苏轼的影响下，姜唐佐成为海南一代文风的榜样。

词篇

满江红·篱苑花开

篱苑花开，仙仙绽、衔春飘逸。竹篱羡、风儿也妒，傲然婷立。变幻风云横空至，尽将玉叶萧萧瑟。路人跑、谁奈护残花，还矜恤。

尘缘梦，萦甜蜜。心点亮，不孤寂。问人生几何，露滋风泽。昨日琼华成故事，心思化水云茶沏。月儿弯、一片故乡云，湍流墨。

声声慢·仙芽窈窕①

仙芽窈窕②，齿颊留香，红裙玉手沏泡。好不悠闲，三五阁楼颜笑。头杯味郁苦涩，二盏甘，三杯津好。捋发髻，爽心情，尽享茗香王道。

宁静清幽无扰。心诉茗，烦心事情销号。小盏频频，瑞草为君醒脑，回甘使君淡定，呷轻轻，薄雾缭绕。这意境，怎一个"舒"字恰表！

注：①四位忘年交姐妹"天香茶楼"常聚。
②仙芽、瑞草，即茶叶。

声声慢·不思清醒

干干净净。白雪皑皑，人烟绰绰影影。
舞旋翩跹，飞遍北山南岭。三杯两盏烈酒，
踏雪来、不思清醒。雁过也，可开心？却是
旧时心境。

雪压心云昏懵。沉甸甸、枯肢老腰堪囵。
守著丹铅，倒也好生谧静。窗花会知竹影，白
茫茫、一片玉莹。只想是、少点醉，听曲看景。

水调歌头·晨戏天涯水①

晨戏天涯水，午俏北方冰。万重山水翩然，
飞瞰海天汀。堡塔沙滩堆砌，水上游轮爽逸，
水下吻鱼鲸。小女喜心悦，金色的童龄。

少年梦，云上雁，未来星。寓教于乐，
书中天地亮心灯。《诫子书》明心智，《弟子规》
知仪礼，文脉有传承。欲走万千里，学识可修成。

词
篇

注：①送给快乐的小外孙女。上午还在三亚和姥爷玩沙、游泳，
中午乘机，下午就和爸妈一起在北方家乡滑雪。

桂枝香·冬藏孕万物

凭栏远眺。正白雪飞扬，寒风横扫。万里茫茫一片，树枯无鸟。路人碎步轻轻走，朔风吹、车人频倒。漫天云雾，心生不悦，如何安好？

盼晴日、红轮映照！劝君莫贪心，也别烦恼。地老天荒，共念人勤春早。冬藏万物皆寒至，雪飘千里丰收兆。春来冬去，来年定是满川禾稻。